「病気療養ということになっている。
もちろん、それだけではないが……」
そう言って、ティリア皇女は
クロノが座るソファーに寄り掛かった。
仲のよさをアピールしているのだろう。
距離が近い。
クロの戦記10
異世界転移した僕が最強なのは
ベッドの上だけのようです

「私もクロノ様の部下になれたことを誇りに思います」
第六章『万感』

「僕はレイラみたいな部下を持てたことを誇りに思う」

「何度聞かれても答えは変わらないよ。
あたしが愛してるのは死んだ旦那だけだよ」
クロノが邪悪な笑みを浮かべ、女将はびくっと体を震わせた。

クロの戦記10

異世界転移した僕が最強なのは
ベッドの上だけのようです

サイトウアユム

HJ文庫
1034

口絵・本文イラスト　むつみまさと

Record of Kurono's War
isekaiteni sita boku ga saikyou nanoha
bed no uedake no youdesu

序章『書簡』

帝国暦《ていこくれき》四三一年九月下旬《げじゅん》朝――クロノは書類を手に取り、記載《きさい》された文章を目で追った。港の使用許可に関する書類だ。どうやら不備はないようだ。

ホッと息を吐《つ》きかけ、頭を振《ふ》る。安心するのはまだ早い。

署名するまでが仕事だ。羽根ペンを手に取り、署名欄《しょめいらん》に自分の名前を記入する。

羽根ペンを置き、しげしげと書類を眺《なが》める。歪《ゆが》んでいるような気もするが――。

書き損じた訳じゃないし、と言い訳して署名済みの書類の上に重ねる。

今度こそ、ホッと息を吐く。これで五つの商会と二つの組合を誘致《ゆうち》することができた。

開発も進んでいるし、まずまずのスタートと評してもいいだろう。

もちろん、気になることはある。ミノタウロスとリザードマンの立《た》ち退《の》きの件だ。

エレインに仲介《ちゅうかい》を任せたが、彼女《かのじょ》の知らぬ所で悪質な地上げが行われる可能性はある。

彼女が見て見ぬふりをする可能性もゼロではない。

悪質な地上げを未然に防ぐためにちゃんと見ているとアピールしなければならない。

普段《ふだん》ならばどうすればと頭を悩《なや》ませていたことだろう。だが、今回は違《ちが》う。弓騎兵《きゆうきへい》を加え、三班体制となった騎兵隊《きへいたい》で対応可能だ。

自分には先見の明があるのではないかと思い、調子に乗るのはよくないと思い直す。スピードが乗っている時ほど派手に転倒《てんとう》するものだ。それに、今は徴税《ちょうぜい》の時期だ。事務官に過度な負担を掛《か》けている。特にエレナは枕《まくら》を取りに来られないほど忙《いそが》しい。余裕《よゆう》がない時ほど、いや、余裕のなさがトラブルを招くのだ。

気を引き締《し》めねばと考えたその時、トントンという音が響《ひび》いた。扉《とびら》を叩《たた》く音だ。この控《ひか》えめな叩き方はアリッサだろう。クロノは書類を机に置き——。

「どうぞ！」

声を張り上げた。扉がゆっくりと開き、予想通りというべきかアリッサが姿を現す。彼女は恭《うやうや》しく一礼すると足を踏《ふ》み出した。しずしずと歩み寄り、机の前で立ち止まる。そこで、クロノは彼女が筒状《つつじょう》に丸められた羊皮紙を持っていることに気付いた。

「旦那様《だんなさま》、書簡が届いております」

「ありがとう」

いいえ、とアリッサは短く応じ、書簡を机の上に並べた。

書簡は三通あった。どれから読むか迷っていると、アリッサがクロノから距離《きょり》を取った。

書面を目にしないようにという配慮《はいりよ》だ。配慮に感謝して右から順に書簡を広げる。

一通目はハマル子爵《ししやく》からだった。家督《かとく》を継《つ》いだので近日中に挨拶《あいさつ》に伺《うかが》いたいとある。

二通目はエレインだ。内密に話したいことがあるので時間を設けて欲《ほ》しいとのことだ。

そして、三通目――途中《とちゆう》まで読んで、クロノは快哉《かいさい》を叫《さけ》びそうになった。

それに気付いたのだろう。普段なら黙《だま》っているアリッサが口を開いた。

「よい便りだったようですね」

「うん、軍務局に士爵位《ししやくい》の申請《しんせい》をしたんだけど、それが通ったんだ」

「おめでとうございます。恐《おそ》れながらどなたの申請を？」

「えっと……。ミノさん、レイラ、アリデッド、デネブ、ゴルディ、シロ、ハイイロ、タイガ、ナスルの九人だね」

クロノが指折り数えて言うと、アリッサは驚《おどろ》いたように目を見開いた。

亜人《あじん》が士爵位を叙爵《じよしやく》される――騎士《きし》になるのはそれだけすごいことなのだ。

ましてやそれが九人分となれば驚くしかない。

「折角《せつかく》だから叙爵式をやりたいんだけど、アリッサ達《たち》の仕事が増えるかも……。大丈夫《だいじようぶ》？」

「はい、問題ありません」

クロノがおずおずと尋《たず》ねると、アリッサは力強く頷《うなず》いた。

第一章『挨拶』

昼――フェイは愛馬に跨《また》がって街道《かいどう》を西へ進む。もちろん、一人ではない。九人の部下を率いてだ。ほんの一年前まで厩舎《きゅうしゃ》の掃除《そうじ》係をしていた自分が九人もの部下を率いて街道を進んでいる。クロノのもとに来て正解だったと心から思う。だが、その一方で愛人になったことを後悔《こうかい》している自分もいる。クロノが嫌《きら》いという意味ではない。ただ、ちょっと、自分にはまだ早かったような気がするのだ。そんなことを考えていると――。

「姉《あね》さん！」

「――ッ！」

サップが叫んだ。ハッと顔を上げると、麦袋《むぎぶくろ》を詰《つ》んだ荷馬車が通り過ぎる所だった。

「姐さん、ボーッとしてちゃ危ないですぜ」

「申し訳ないであります。でも、もう大丈夫であります」

「どうかしたんすかい？」

「な、何でもないであります」

フェイは上擦《うわず》った声で答えた。流石《さすが》にクロノのことを考えていたとは言えない。無言で街道を進む。しばらくして——。

「クロノ様のことでも考えてたんですかい？」

「——ッ！」

サッブが思い出したように言い、フェイは反射的に視線を向けた。すると、サッブがニヤリと笑った。やられた。カマ掛けにまんまと引っ掛《か》かってしまった。

「何なら相談に乗りやすぜ？」

「むぅ、サッブさんにでありますか」

「姐さん、これでも俺《おれ》は恋愛《れんあい》経験豊富なんですぜ。そう、あれは——」

フェイが不満の声を上げると、サッブは得意げに過去の恋愛について語り始めた。それは運命に翻弄《ほんろう》された哀《あわ》れな女とそんな女を救わんとする男の話であり、恋《こい》の駆《か》け引《ひ》きの話であり、突然《とつぜん》現れた別の男に女を掻《か》っ攫《さら》われる被略奪《ひりゃくだつ》愛の話である。

「——という具合でさ。これで俺が恋愛経験豊富と分かってもらえやしたか？」

「恋愛経験豊富というのは分かったでありますが……。今の話はサッブさんが騙《だま》されて二《ふた》股《また》を掛けられただけという気がするであります」

「それは違いやす。俺は騙されたんじゃありやせん。騙されてやったんです」

サップが胸を張って言うと、背後で部下がどよめいた。

「騙されてやるのも男の甲斐性《かいしょう》ですぜ」

「なるほど～であります」

サップがニヒルに笑い、フェイは相槌《あいづち》を打った。

「姐さんも男が騙されたいと思うような女になって下せぇ」

「この人になら騙されてもいい……」

フェイは鸚鵡《おうむ》返しに呟《つぶや》き、これだ！　と思った。だが――。

「どうすればそういう女になれるのでありますか？」

「化粧《けしょう》とかすりゃいいんじゃありやせんか？」

「アドバイスが雑であります！」

フェイは声を荒《あら》らげた。さっきまでの話は何だったのかと言いたい。

「もっと具体的にアドバイスして欲しいであります」

「化粧をするってのはかなり具体的だと思いやすが……」

「私は必殺《ひっさつ》技的なことを教えて欲しいのであります、必殺技的なことを」

「必殺技ねぇ」

う～ん、とサップが唸《うな》り、フェイは軽く目を見開いた。駄目元《だめもと》で聞いてみたのだが、これは脈がありそうだ。

「必殺技とは違うかも知れやせんが、素《そ》っ気《け》なくされると振り向かせてやろうって気になりやすね。まあ、俺だけかも知れやせんが……」

「そういうのでありますよ！　そういうのッ！」

フェイは思わず叫んだ。これなら自分にもできそうだ。慌《あわ》てふためくクロノを想像するとワクワクする。仕事が終わったら試《ため》してみようと手綱《たづな》を握《にぎ》り締めたその時、ふぁ～という音が背後から響いた。誰《だれ》かが欠伸《あくび》をしたのだ。肩越《かたご》しに背後を見ると、アリデッドとデネブが馬の首にもたれ掛かっていた。

「二人ともだれすぎであります！　それに、その乗り方だと馬が怪我《けが》するでありますッ！」

「そうは言うけど、騎兵隊は朝が早くてしんどいし」

「慣れない仕事で疲労《ひろう》MAXみたいな」

馬が怪我するという言葉が効いたのだろう。アリデッドとデネブは億劫《おっくう》そうに体を起こした。もう一人の弓騎兵《きゅうきへい》に視線を向ける。彼女も疲《つか》れているらしくわずかに体が傾《かたむ》いている。これでは馬に余計な負担が掛かってしまう。小さく溜息《ためいき》を吐く。当初の予定とは異なるが、仕方がない。

「シルバートンに着いたら休憩《きゅうけい》するであります！」

「『うは！　流石、分かってらっしゃるみたいなッ！』」

フェイが声を張り上げると、アリデッドとデネブは嬉《うれ》しそうに言った。

※

フェイ達が海沿いの道を進んでいると、風が吹《ふ》き寄せてきた。磯臭《いそくさ》い風だ。初めて嗅《か》いだ時は不快に感じたものだが、足を運ぶ機会が増えたせいだろう。この臭《にお》いにも大分慣れた。だが、馬──黒王は違うようだ。不愉快《ふゆかい》そうに首を横に振っている。

「申し訳ないでありますね」

首筋を撫《な》でて機嫌《きげん》を取っていると、シルバートンが見えてきた。風が吹き抜《ぬ》ける。アリデッドとデネブがフェイを追い越《こ》したのだ。

「ヒャッハーー！　接待みたいなッ！」

「無料飯《ただめし》は最高だし！」

「待つであります！」

フェイが声を張り上げると、アリデッドとデネブは手綱を引いた。馬首を巡《めぐ》らせてこちらに向き直る。二人とも訝《いぶか》しげな表情を浮《う》かべている。

「なんで、呼び止めたのみたいな？」

「そうだし、そうだし」

「そのことでありますが……」

フェイは口籠《くちご》もった。サップに丸投げしたい。だが、指揮官はフェイだ。言いにくいことでも言わなければならない。

「……接待は禁止であります」

「「な、何だってーみたいなッ！」」

フェイがごにょごにょと言うと、アリデッドとデネブは叫んだ。まるで世界の終わりを告げられたかのような表情を浮かべている。

「接待は禁止であります」

「うぐ、何たることみたいな」

「この日を楽しみに生きてきたのにがっかりだし」

アリデッドとデネブはがっくりと頭《こうべ》を垂れた。少しだけ申し訳ない気分になるが——。

「クロノ様に釘《くぎ》を刺《さ》されているであります」

「流石、クロノ様だし。あたしらの性格をよく読んでるみたいな」

「確かに、これで知らなかったで押《お》し通すことは不可能になったし」

フェイがクロノの名前を口にすると、アリデッドとデネブは口惜《くや》しそうに言った。

「だが！　だがしかし！　道端《みちばた》で休憩はノーサンキューみたいなッ！」

「あたしらは屋根のある所での休憩を要求するみたいな！」

「それなら心配いらないであります。あっちを見て欲しいであります」

フェイが北を指差すと、アリデッドとデネブは馬首を巡らせて反転した。

「「あの建物は何みたいな？」」

「あれはクロノ様が騎兵隊のために作ってくれた休憩所《きゅうけいしょ》――」

「一番乗りだし！」

「お姉ちゃん、待って！」

フェイが言い切るより速くアリデッドとデネブは馬の脇腹《わきばら》を蹴《け》って駆け出した。あっという間に二人の姿が遠ざかる。フェイはハッとして――。

「街中で馬を走らせたら駄目《だめ》であります！　人にぶつかったら大惨事でありますッ！」

大声で叫んだ。だが、二人はスピードを緩《ゆる》めなかった。二人の姿が芥子粒《けしつぶ》のように小さくなり、フェイは溜息を吐いた。その時、背後からくッという笑い声が響いた。サッブの声だ。背後を確認しようとするが、それよりも速くサッブがフェイの隣《となり》に並んだ。

「どうして、笑っているのでありますか？」

「姐さんがしっかり上司をしてたんで嬉しくなったんでさ」

「むぅ、馬鹿《ばか》にされてるみたいであります」

「まさか、誉《ほ》めてるんですぜ」

サッブは心外だと言わんばかりの口調で言った。困っているのを見て楽しんでいるのではないかと思ったが、口にはしない。はぐらかされるに決まっているからだ。

「皆《みんな》！　もう少しだけ頑張《がんば》って欲しいでありますッ！」

「「「「はッ！」」」」

フェイが呼びかけると、部下は威勢《いせい》よく応じた。馬を進める。シルバートンに入り、横目でミノタウロスの集落を確認する。集落の規模は以前の半分ほどになり、新しい建物が建てられている。立ち退きは順調に進んでいるようだ。だが、油断は禁物だ。順調に進んでいるように見えてもクロノの望む形で行われているとは限らない。些細《ささい》な異変も見逃《みのが》さないようにしなければ。そう自分に言い聞かせて進んでいると、前方からミノタウロスの女性がやって来た。ミノの妹ではない。フェイは馬を止め――。

「こんにちはであります！」

「――ッ！」

大声で挨拶をした。すると、ミノタウロスの女性は体を強《こわ》ばらせた。

「貴方《あなた》は……」

「フェイ・ムリファインであります」

「その節は夫がお世話になりました」

フェイが名乗ると、ミノタウロスの女性はぺこりと頭を下げた。夫が世話になったということは落石で負傷したミノタウロスの妻なのだろう。

「馬上から失礼するであります。ちょっと伺いたいことがあるのでありますが……。何か困ったことはないでありますか？」

「困ったことですか？」

ミノタウロスの女性は鸚鵡返しに呟き、思案するように首を傾《かし》げた。

「特にありません。クロノ様とエレイン様のお陰《かげ》で大過《たいか》なく過ごしています」

「それは重畳《ちょうじょう》であります。何かあったら気軽に声を掛けて欲しいであります」

「はい、その時はお願いいたします」

「それでは、失礼するであります」

ミノタウロスの女性がぺこりと頭を下げ、フェイは馬を進ませた。どうやら、エレインは真面目《まじめ》に立ち退きの仲介をしているようだ。とはいえ油断はできない。彼女は平気で他人を傷付けられる人間だ。警戒《けいかい》しておくに越したことはない。

ミノタウロスの集落を越えた先はリザードマンの宿泊施設《しゅくはくしせつ》だ。いや、宿泊施設だったというべきか。宿泊施設は解体工事の真っ最中なのだから。港に視線を向ける。港ではリザードマン達が船から降ろした積み荷を倉庫に運んでいた。話を聞きたいが、仕事の邪魔《じゃま》をする訳にはいかない。

そのまま進むと、シナー貿易組合一号店が見えてきた。接待を受けた時のことを思い出し、口の中に唾液《だえき》が溢《あふ》れる。また接待を受けられないだろうか。そんなことを考え、頭を振る。接待は禁止と釘を刺されているし、部下の目もある。それ以前に今回も接待してもらえるとは限らない。未練を断《た》ち切ってシナー貿易組合一号店の前を通り過ぎる。その先にあるのは建設中の建物だ。

建設中の建物を横目に見ながら進んでいると、不意に荒《あ》れ地《ち》が姿を現す。シルバートンを通り過ぎたのだ。正面を見据《みす》え、道なりに進む。開拓村《かいたく》の姿が見えてきた頃《ころ》、道が二手に分かれる。一方は開拓村に続く道、もう一方は休憩所に続く道だ。

フェイは休憩所に続く道に入った。休憩所が近づいてくる。休憩所は高い塀《へい》に囲まれていた。忍《しの》び返《がえ》しのある高い塀だ。その向こうには三つの屋根と建設中の建物がある。話し声が聞こえるが、それ以外の音は聞こえない。芳《こう》ばしい匂《にお》いが漂《ただよ》っているので、昼食を摂《と》っているのだろう。門を潜《くぐ》って敷地内《しきちない》に入ると、作業員と思《おぼ》しき男達が地面に座《すわ》って食事を摂っていた。昼食を摂っているという想像は正しかったようだ。

アリデッド殿とデネブ殿は？　とフェイは馬上で視線を巡らせる。幸い、二人はすぐに見つかった。休憩所の敷地内には三つの建物――厩舎と炊事場《すいじば》、テーブルとイスの設置された東屋《あずまや》がある。二人は東屋にいた。炊事場の様子を窺《うかが》っているのでまだ食事を摂っていないのだろう。

フェイは馬から下り、部下に向き直った。部下が下馬するのを待ち――。

「今から休憩であります！」

大声で宣言する。すると、サッブが歩み寄ってきた。意図を察して手綱を渡《わた》す。

「サッブさん、あとの指示は頼《たの》んだであります」

「任せて下せぇ」

サッブは歯を剥《む》き出して笑い、部下に向き直った。

「腹が減っていると思うが、それは馬も一緒《いっしょ》だ。馬を厩舎に連れて行ってたっぷり労《ねぎら》った後、俺達《おれたち》も休憩だ。分かったか⁉」

「「「「はッ！」」」」

部下が威勢よく返事をして厩舎に向かう。フェイは俯《うつむ》いて溜息を吐いた。仕事が一段落して安心したせいだろう。どっと疲労が押し寄せてくる。その時、気配を感じた。顔を上げる。すると、シルバが近づいてくる所だった。

「お疲れさん」

「シルバさんこそお疲れ様《さま》であります」

フェイはしげしげとシルバを眺めた。

「元気そうで何よりであります」

「ちゃんと休憩を取るようにしてるからな」

シルバは何処《どこ》か不満そうな口調で言った。休憩を取るように言われたからそうしているだけで本心では休みたくないのだろう。

「健康第一であります」

「それは分かってるんだが、インスピレーションが湧《わ》き上がっていてもたってもいられないんだ。休憩している暇《ひま》なんてない。それなのに休憩しないと前みたいに倒《たお》れちまう。ジレンマだな」

「そうでありますね」

フェイは小さく頷いた。体を大事にして欲しいが、彼《かれ》の気持ちはよく分かる。フェイにも剣術《けんじゅつ》の訓練をしたくて堪《たま》らない時期があった。今にして思えばあれは剣士《けんし》としての成長期だったのだろう。多分、シルバも建築家として成長期を迎《むか》えているのだ。

ところで、と建設中の建物に視線を向ける。

「あれは何を作っているのでありますか？」

「ん？　ああ、あれか。あれは代官所だ」

「なるほど、あれが代官所でありますか」

フェイは建設中の建物をしげしげと眺めた。

「建設の知識はないでありますが、立派な建物になりそうでありますね」

「もちろん、俺の名を冠《かん》する街に相応《ふさわ》しい代官所にするつもりだ。だが、本当はシナー貿易組合一号店みたいな建物を作りたかったんだ」

「許可が下りなかったのでありますか？」

「うん、まあ、そういうことだ。クロノ様は普通《ふつう》の建物にして欲しいそうだ」

「手を抜いちゃ駄目でありますよ？」

「そんなことする訳ないだろ。俺は建築家だぞ。そりゃ、普通の建物なんて面白《おもしろ》くないと思ったが……。クライアントの要望にはきちんと応《こた》える」

シルバはムッとしたように言ったが、後半部分の言葉は弱々しかった。

「そういや、代官になりたいって言わないんだな」

「任命してもらえるなら期待に応えられるように頑張るつもりでありますが……」

「大丈夫か？」

フェイが溜息交じりに言うと、シルバが心配そうに尋ねてきた。

「何がでありますか？」

「疲れてるように見えたから心配だったんだ。どうだ？　ちゃんと寝《ね》てるか？」

「もちろん、快食・快眠《かいみん》・快便であります」

「快便って……」

「最後のはなしであります！」

シルバが顔を顰《しか》め、フェイは慌てて両腕《りょううで》を交差させた。

「それにしちゃ随分《ずいぶん》と疲れているように見えたが……。ほら、いつものお前さんなら『代官になりたいであります！』とか言うだろ？」

「それは……。少々気疲《きづか》れしてしまったのであります」

「気疲れ？　だが、お前さんは今までも隊を率いてただろ？」

「そうでありますが……」

フェイは口籠もり、腕《うで》を組んだ。頭の中を整理して口を開く。

「今まではお客様扱《あつか》いだったような気がするであります」

「世話をする側になったってことか」

「そんな感じでありますね」

「そうか、立派になったな」

そう言って、シルバは嬉しそうに笑った。長い付き合いだからだろう。成長を喜んでくれていると素直《すなお》に信じられる。その時、ぐぅ～という音が響いた。お腹《なか》の鳴る音だ。音の発生源はシルバではない。こんな時に鳴らなくてもとフェイは俯いた。

「ははッ、お前さんはお前さんだな」

「恐縮《きょうしゅく》であります」

シルバが豪快《ごうかい》に笑い、フェイは肩《かた》を窄《すぼ》めた。優《やさ》しく二《に》の腕《うで》を叩かれる。

「俺のことはいいから飯を食ってきたらどうだ？」

「そうするであります」

「じゃ、またな」

「それでは、またであります」

フェイはシルバと別れて炊事場に向かった。炊事場は東屋と同じ——四本の柱で屋根を支える構造をしている。そこにはミノタウロスの女性がいた。ミノの妹アリアだ。

「アリア殿、こんにちはであります」

「フェイ様、おはようございます」

フェイが挨拶をすると、アリアはぺこりと頭を下げた。芳ばしい匂いが漂っているが、彼女は動こうとしない。

「まだできていないのでありますか？」

「いえ、料理はできているのですが……」

アリアは口籠もり、肩越しに背後を見た。視線の先には竈《かまど》がある。一抱《ひとかか》えもある大きな鍋《なべ》が設置され、火が赤々と燃えている。

「温め直しているということでありますね？」

「はい、申し訳ありません」

アリアは申し訳なさそうに肩を窄めた。なるほど、道理でアリデッドとデネブが炊事場の様子を窺っていた訳だ。

「気にしないで欲しいであります」

「ありがとうございます」

アリアはぺこりと頭を下げた。すぐに料理を食べられなかったのは残念だが、騎兵隊はいつも同じ時間帯に到着《とうちゃく》する訳ではない。それなのにいつでも温かい食事を提供できるようにして欲しいというのは我《わ》が儘《まま》が過ぎる。

「温め終わったらお持ちしますので……」

「では、よろしくお願いするであります」

アリアがおずおずと言い、フェイは踵《きびす》を返した。そのまま東屋にいるアリデッドとデネブのもとに向かう。よほどお腹が空いているのだろう。二人は力なくテーブルに突《つ》っ伏《ぷ》していた。対面の席に座る。すると、二人が顔を上げた。

「「ご飯できたみたいな？」」

「まだであります」

フェイが答えると、二人は深々と溜息を吐いた。そういえば――。

「二人は硬パンを持っていないのでありますか？　騎兵隊の仕事はいつ食事を摂れるか分からないので支給されているはずでありますが……」

「もう食べちゃったし」

「一本のつもりが二本、三本と……。げに恐ろしきは空腹みたいな」

二人は呻《うめ》くように言った。今度はフェイが深々と溜息を吐く番だった。まさか食べ尽《つ》くしているとは思わなかった。仕方がなくポーチに手を伸《の》ばす。

「よければどうぞであります！」

「「うは！　ありがとうみたいなッ！」」

フェイが二本の硬パンを差し出すと、アリデッドとデネブは勢いよく体を起こした。硬パンを掻っ攫い、あっという間に平らげてしまう。

「ようやく人心地《ひとごこち》ついたみたいな」

「馬に乗っているだけかと思いきや意外に消耗《しょうもう》するし」

アリデッドとデネブは満足そうに腹を撫でながら言った。

「二人とも――」

「――ッ！」

フェイが切り出すと、アリデッドとデネブはぎょっと目を剥いた。

「まだ何も言ってないでありますよ？」

「そうだけど、嫌《いや》な予感がしたし」

「これは説教される気配だし」

「……」

いつでも逃《に》げられるようにだろうか。アリデッドとデネブが座り直《なお》し、フェイは押し黙った。もう少しちゃんとして欲しいと言うつもりだったのだが、恐るべき勘《かん》の冴《さ》えだ。伊達《だ》に二度も死地から生還《せいかん》していない。

「残念だし」

「え⁉」

アリデッドがぽつりと呟き、フェイは思わず声を上げた。だが、アリデッドは黙り込《こ》んだまま口を開こうとしない。沈黙《ちんもく》が舞《ま》い降《お》りる。居心地《いごこち》の悪い沈黙だ。その居心地の悪さに堪《た》えられなくなってフェイは口を開いた。

「何が残念なのでありますか？」

「フェイはあたしらと同じ残念サイドの人間だと思ってたみたいな。にもかかわらず部下を率いる立場になった途端《とたん》、残念サイドから脱却《だっきゃく》しようとしているし。そのことが残念でならないみたいな」

「そうだしそうだし！　残念でならないしッ！」

アリデッドが切々と語ると、デネブが囃《はや》し立てた。部下を率いる立場になったのだから襟《えり》を正すのは当然ではないかと思ったが、奇妙《きみよう》な居心地の悪さを感じた。

「どうすればいいのでありますか？」

「難しいことではないし」

「そうそう、難しいことではないみたいな」

アリデッドが腕を組んで何度も頷くと、デネブもそれに倣《なら》った。

「どうすれば？」

「残念サイドに戻《もど》ってくれれば――」

「嫌であります」

フェイはアリデッドの言葉を遮《さえぎ》って言った。風が吹く。凍《い》てついた風だ。

「確かに私は残念サイドの人間だったであります。しかし、部下を率いる立場になって変わったのであります。そう！　今の私はフェイ・ムリファイン弐式《にしき》でありますッ！」

「人間はそう簡単に生まれ変われないし」

「生まれ変わった割に残念な臭いがぷんぷんするし」

フェイが胸を張って宣言すると、アリデッドとデネブはそっぽを向いて言った。沈黙が舞い降りる。会話の途中で偶発的《ぐうはってき》に生じた沈黙だ。チャンスだ。すかさず口を開く。

「大変なのは分かるでありますが、もう少しちゃんとして欲しいであります」

「それは分かってるけど……。折角、百人隊長に出世したのに一兵卒に戻ったみたいでなかなかモチベーションが上がらないみたいな」

「早起きがしんどくて体がついてこないし」

アリデッドとデネブはぼやくように言った。本当だろうか。いや、どうも嘘臭《うそくさ》い。何というか、今の気分に適当な理由を付けているだけのような気がする。

「……分かったであります」

「「何が？」」

フェイがやや間を置いて言うと、アリデッドとデネブは不思議そうに首を傾げた。

「要するにアリデッド殿とデネブ殿は集中力がないのであります」

「ス、ストレートにひどいことを言いますねみたいな」

「も、もう少し言葉を選んで下さいみたいな」

アリデッドとデネブが呻くように言った。

「だから、小まめに休憩を取るようにするであります」

「うは！　話が分かるみたいなッ！」

アリデッドとデネブは嬉しそうに手を打ち鳴らした。直後、テーブルの上にトレイが置かれた。フェイの分だけではない。アリデッドとデネブの分もだ。顔を上げると、アリアがいた。彼女は会釈《えしやく》をすると炊事場に戻っていった。

改めてトレイを見つめる。トレイの上にはパンとスープ、焼き魚が載《の》っている。海が近いからだろう。スープの具は魚や貝だ。ぐぅ～、と腹が鳴る。パンに手を伸ばし、ハッと動きを止める。いけないいけない。もう一つ伝えたいことがあった。パンを頬張《ほおば》るアリデッドとデネブに視線を向ける。視線に気付いたのだろう。二人がこちらを見る。

「そのままでいいでありますよ」

アリデッドとデネブはパンを頬張ったまま頷いた。

「食事を終えたら散歩がてら開拓村に――」

「「む～ッ！」」

フェイの言葉はアリデッドとデネブによって遮られた。パンを頬張ったまま首を左右に振《ふ》ったのだ。二人とも開拓村に行きたくないようだ。開拓村の視察をしたかったのだが、仕方がない。一人で行こう。フェイは小さく溜息を吐《つ》き、パンを頬張った。

※

「ここがミノ殿の第二……。第三の故郷でありますか」

フェイは開拓村の入り口で立ち止まり、視線を巡らせた。当然といえば当然だが、新しい家々が建ち並んでいる。建設中のものも含《ふく》めれば以前の集落と同じくらいの規模になる。立《た》ち退《の》きは殆《ほとん》ど終わっていると考えていいだろう。これだけ鮮《あざ》やかな手並みを見せられるとエレインを疑うべきではないのではないかという気がしてくる。

いや、と頭《かぶり》を振る。結論を出すのは話を聞いてからでも遅《おそ》くない。改めて視線を巡らせる。だが、昼時だからか、それともまだ仕事をしているのか誰もいない。仕方がない。人を探して話を聞くとしよう。開拓村に足を踏《ふ》み入れ、きょろきょろと周囲を見回しながら進む。だが、村人の姿はない。急に心細くなる。

「こんなことならサップさん達《たち》に付いてきてもらえばよかったであります」

フェイは小さくぼやいた。休憩所を出る時、サップ、アルバ、グラブ、ゲイナーの四人が同行を申し出てくれた。だが、フェイはその申し出を断った。ちゃんと休憩して欲しかったし、アリデッドとデネブの面倒《めんどう》を見て欲しかったからだ。決断が裏目に出た。開拓村の視察と言いながら蛮刀狼《ばんとうおおかみ》と戦えればいいなと考えていた罰《ばち》が当たったのだろうか。そんなことを考えている内に村を抜け——。

「これは——ッ！」

フェイは思わず足を止めた。原生林へと続く道——その両サイドに畑が広がっていたのだ。浅く溝《みぞ》が掘《ほ》られているだけだが、紛《まぎ》れもなく畑だ。ミノタウロス達が一列になって種を蒔《ま》き、その近くにはシオンと二人の女性神官《しんかん》が立っている。一人は背が高く、もう一人は背が低い。どうやら畑仕事を教えているようだ。なるほど、そういうことか。畑仕事をしていたから村に人気《ひとけ》がなかったのだ。

声を掛《か》けるべきか悩《なや》んでいると、シオンがこちらを見た。ミノタウロス達に向き直って何事かを叫ぶ。すると、ミノタウロス達は動きを止め、背筋を伸ばしたり、肩を回したりし始めた。どうやら休憩するように指示したようだ。シオンが足早に近づいてくる。二人の女性神官も一緒だ。

「きゃッ！」

可愛《かわい》らしい悲鳴が響《ひび》く。シオンが転んだのだ。多分、溝に足を取られたのだろう。二人の女性神官は顔を見合わせ、手を差し出した。シオンは二人の手を借りて立ち上がり、やや歩調を緩めて近づいてきた。

「シオンさん、こんにちはであります」

「あ、はい、こんにちは」

フェイが挨拶《あいさつ》をすると、シオンはやや緊張《きんちょう》した面持《おもも》ちで挨拶を返してきた。どうして緊張しているのだろう。気になって顔を見る。すると、シオンは視線を逸《そ》らし、おずおずと口を開いた。

「本日はどのようなご用件でしょうか？」

「ミノタウロスの皆さんに話を聞きたかったのでありますが……。忙《いそが》しそうなので、またの機会にするであります」

「よろしいのですか？」

「構わないであります」

開拓村の視察はフェイが自主的にやっていることでクロノの命令ではない。聞き取りを行いたければクロノに断りを入れるのが筋だ。

　ところで、とフェイは二人の神官に視線を向けた。

「そちらのお二人は何者でありますか？」

「紹介《しょうかい》が遅《おく》れて申し訳ありません」

　シオンはぺこりと頭を下げ、手の平で背の高い女性を指し示した。

「こちらはグラネットさんです」

「グラネットと申します。黄土《おうど》神殿《しんでん》で神官を務めております。若輩《じゃくはい》の身ではありますが、よろしくお願いいたします」

　背の高い女性――グラネットは一歩前に出ると深々と頭を垂れた。シオンは次に背の低い女性、いや、少女を指し示した。

「プラムさんです」

「初めまして、プラムと申します！　神官見習いですッ!!」

　背の低い少女――プラムが勢いよく頭を下げ、シオンが手の平でフェイを指し示す。グラネットとプラムに紹介するつもりだろう。

「この方は――」

「第十三近衛騎士団《きしだん》所属フェイ・ムリファインであります！」

フェイが胸を張って言うと、プラムがおずおずと手を挙げた。

「何でありますか？」

「近衛騎士団は十二までと聞いているです」

「プラム殿が知らないのも無理はないであります。何しろ、第十三近衛騎士団は新設されたばかりでありますから」

ああ、とプラムは合点《がてん》がいったとばかりに声を上げた。

「では、私はこれで失礼するであります」

「何のお構いもできず、申し訳ありません」

「気にする必要はないであります」

肩を窄めるシオンに声を掛け、フェイは踵を返した。何かを忘れているような気がしたが、忘れているくらいだから大したことではないだろう。

※

夕方――フェイ達《たち》が街道《かいどう》の警備を終えて帰還《きかん》すると、侯爵邸《こうしゃくてい》は静まり返っていた。いつもならもっと早く戻れるのだが、まめに休憩を挟《はさ》んだせいで遅くなってしまった。深い溜息を吐く。すると、隣にいたサップが声を掛けてきた。

「溜息なんて吐いちまってどうしたんですかい？」

「原生林に行くのを忘れてしまったであります」

「なんで、原生林なんかに？」

「蛮刀狼と戦えればいいな～と思っていたのであります」

「ああ、そういうことですかい」

サップは合点がいったと言うように頷《うなず》いた。

「きっと、疲れてるんですぜ。疲れてる時はとっとと休んじまうに限りやす」

「そうはいかないであります」

「そいつは一体……。ああ、分かりやした」

サップは疑問を口にしかけ、ニヤリと笑った。トニーが素振《すぶ》りをしていることに気付いたのだろう。そういうことだ。弟子《でし》が頑張っているのに師匠《ししょう》が休むわけにはいかない。

「じゃ、最後の締《し》めだけお願いしやす」

「申し訳ないであります」

「ははッ、そいつは言いっこなしですぜ」

サップが朗《ほが》らかに笑って馬を下り、フェイもその後に続いた。ゆっくりと振り返る。すると、部下が馬から下りる所だった。パッと見た印象だが、弓騎兵——アリデッド達の疲労が著《いちじる》しいように見える。できるだけ早く終わらせた方がいいだろう。

「今日も一日お疲れ様でしたであります！　それでは、解散でありますッ！」

「「「「はッ！」」」」

「「は〜」」

サッブ達——騎兵は威勢よく、アリデッド達——弓騎兵は気の抜けた返事をした。サッブが前に出て、声を張り上げる。

「よ〜し！　解散だ、解散ッ！　アリデッド達は宿舎に戻って休め！　アルバ、グラブ、ゲイナーはアリデッド達の馬を世話してやれ！」

「「うっす！」」

アルバ、グラブ、ゲイナーの三人は威勢よく返事をしてアリデッド達から手綱《たづな》を受け取った。アルバ達は厩舎《きゅうしゃ》に、アリデッド達は侯爵邸の正門に向かう。

「……姐《あね》さんも」

「よろしくお願いするであります」

「へい、よろしくお願いされやした」

サッブは歯を剥き出して笑うとフェイから手綱を受け取って厩舎に向かった。フェイはトニーのもとに向かう。こちらに気付いたのだろう。トニーが素振りを止める。

「素振りを続けるであります」

「……分かったんだぜ」

トニーは間を置いて頷き、素振りを再開した。視線を巡らせると、木箱《きばこ》とそこに立てかけられた木剣《ぼっけん》が目に留《と》まった。木剣を手に取り、片手で振ってみる。普段《ふだん》は木剣の具合を確認《かくにん》するために振るが、今振ったのは自身の調子を確認するためだ。好調ではないが、悪くはない。トニーの隣に移動して素振りを開始する。少しずつ動きを合わせ、完全にシンクロさせる。だが、シンクロはすぐに乱れた。トニーがこちらに意識を向けたせいだ。

「……師匠」

「型が崩《くず》れているであります」

「分かったんだぜ」

トニーが素振りに集中すると、動きが再びシンクロする。

「師匠、疲《つか》れてるんなら休んでいいんだぜ？」

「確かに疲れているでありますが……」

フェイは口籠もった。よく見ている。だが――。

「疲れている時こそ、訓練に励《はげ》むべきであります」

「疲れている時は休んだ方がいいと思うんだぜ」

「一理あるであります。しかし、常に万全《ばんぜん》の状態で戦えるとは限らないであります。勝負の場では疲れているから、怪我《けが》をしているからなどという甘《あま》ったれた言い訳は通用しないであります。あらゆる状況《じょうきょう》を想定して訓練することが肝要《かんよう》であります」

「分かったんだぜ」

偉《えら》そうに語りすぎたと思ったが、フェイの言葉を真剣《しんけん》に受け止めてくれたのだろう。トニーは頷き、木剣を振り下ろした。木剣が風を切る。気合いの入ったいい音だ。技術的にはまだまだ未熟だが、この調子で研鑽《けんさん》を積めば強くなれるはずだ。自分の教えた剣術が未来を切り拓《ひら》く助けになればと心から思う。

フェイはアドバイスしながら木剣を振り続ける。体がじっとりと汗《あせ》ばんできた頃、ガチャという音が響いた。扉《とびら》の開く音だ。素振りを止めて玄関《げんかん》を見る。すると、クロノが出てくる所だった。剣術の稽古《けいこ》をするつもりなのだろう。木剣を持っている。領主になっても稽古を怠《おこた》らない。忠誠を誓《ちか》った者として誇《ほこ》らしい気分になる。だが、何故《なぜ》だろう。破廉恥《はれんち》なことをされそうな予感がするのは。

「二人ともお疲れ様」

「クロノ様こそ、お疲れ様なんだぜ」

「……お疲れ様であります」

トニーが素振りを止めて言葉を返し、フェイはやや遅れてその後に続いた。じりじりと後退《あとずさ》る。この場にいてはいけない。だが、無言で立ち去るのは失礼だ。どうすればと自問すると閃《ひらめ》くものがあった。そうだ。ちょっと用事を思い出したと言って自分の部屋に戻ろう。うん、それがいい。

「ちょ——」

「フェイ、久しぶりに手合わせしない？」

意を決して口を開く。だが、クロノの方が速かった。言葉を遮られて呻く。呻くしかない。驚《おどろ》くべき勘の冴えだ。伊達《だて》に死線を潜っていない。フェイはそっと顔を背《そむ》けた。

「それはちょっと……」

「あまり乗り気じゃなさそうだね」

フェイがごにょごにょと答えると、クロノは落胆《らくたん》したように言った。日を改めてくれることを期待していると、あッ！　とクロノが声を上げた。突然《とつぜん》の出来事だったので、びくっとしてしまう。

「じゃあ、負けたら何でも一つだけ言うことを聞くっていうのはどう？」

「それなら——」

「領地が欲《ほ》しいとか、代官にして欲しいってのはなしね。あくまで僕《ぼく》個人にできる範囲《はんい》で」

「個人でできる範囲でありますか、そうでありますか」

クロノに先手を打たれ、フェイはがっくりと肩を落とした。

「どうかな？」

「それは……」

フェイは口籠《くちご》もった。やはり、クロノはフェイを求めているのだろう。魅力的《みりょくてき》な愛人が大勢いるにもかかわらず求めてくれる。そのことは嬉《うれ》しいし、誇らしい。だが、心の準備が整っていない。やはり、ここは体調不良ということにして——。

「師匠、こんなに手合わせしたがってるんだし、受けた方がいいと思うんだぜ」

「ぐッ……」

トニーが責めるように言い、フェイは呻いた。まさか、弟子に背後から刺《さ》されるとは思わなかった。

「勝負の場では甘ったれた言い訳は通用しないんだろ？」

「うぐッ……」

再び背後から刺されてフェイは呻いた。偉そうに語るんじゃなかった、と後悔《こうかい》の念が押《お》し寄せる。だが、もはや手遅《ておく》れだ。

「…………分かったであります」

「よし！」

長い、長い沈黙の後で手合わせを承諾《しょうだく》すると、クロノは嬉しそうに拳《こぶし》を握《にぎ》り締めた。もしや、共謀《きょうぼう》していたのか。そんな疑念からトニーに視線を向ける。だが、彼はきょとんとしている。共謀の線はなさそうだ。

フェイは溜息《ためいき》を吐き、踵を返した。五メートルほど離《はな》れた所でクロノに向き直る。どうして、こんなことになってしまったのだろう。いや、ものは考えようだ。クロノに勝って心の準備が整うまで夜伽《よとぎ》を猶予《ゆうよ》してもらうのだ。

フェイは目を細めた。太陽が正面に位置していたのだ。ふとクロノが皇女殿下《でんか》と戦った時のことを思い出す。あの時、皇女殿下は陽光で目を焼かれることを警戒するあまり刻印《こくいん》術《じゅつ》への警戒を怠った。そして、文字通り足を掬《すく》われた。同じ轍《てつ》は踏まない。

「刻印術は使ってもＯＫ？」

「…………駄目《だめ》であります」

「分かった」

かなり悩んだ末に答えると、クロノは軽く肩を竦《すく》めた。やけにあっさりしている。そのせいで刻印術の使用を許可してもよかったのではないかと迷いが生まれる。いや、刻印術に何ができて何ができないのかまだ把握《はあく》していない。自分の選択《せんたく》は正しかったはずだ。そう自分に言い聞かせているとクロノが口を開いた。

「フェイも神威術《しんいじゅつ》を使ったら駄目だよ？」

「そんな卑怯《ひきょう》な真似《まね》しないであります」

「それは分かってるけど、念のためにね」

フェイがムッとして言い返すと、クロノは言い訳がましく言った。だったら言わなければいいのにと思うが、これも手なのだろう。

「木剣が体に触《ふ》れたら負けってことでＯＫ？」

「……それでいいであります」

今度も悩んだ末に頷く。やはり、先程《さきほど》と同じように迷いが生じる。正しい選択をしたと自分に言い聞かせても迷いを拭《ぬぐ》うことはできない。

「最後に……」

「何でありますか？」

「トニーに開始の合図と審判《しんぱん》を任せていい？」

「任せて欲しいんだぜ」

クロノに問いかけられ、トニーに視線を向ける。すると、彼はドンと胸を叩《たた》いた。弟子のことを信じたい。だが、クロノと皇女殿下が戦った時、フェイは忖度《そんたく》してしまった。それを考えると信じることなど――。

「師匠？」

トニーが不安そうに声を掛けてきた。その声で我に返った。自分が忖度したから弟子も忖度するに違《ちが》いない。そんな風に考えてどうするというのか。信じるのだ。それが師匠というものだ。それに、信じて裏切られた方がよほどすっきりする。

「了解《りょうかい》、トニーに任せるであります」

「おう！　任せて欲しいんだぜ」

トニーはドンと胸を叩き、フェイとクロノの間に立った。高々と手を挙げる。

「始めって言ったら始めるんだぜ？」

「了解であります」

「わかったよ」

トニーの言葉にフェイとクロノは頷いた。どちらからともなく木剣を構える。静寂《せいじゃく》が舞い降りる。さて、クロノはどう攻《せ》めてくるだろう。太陽を使った目眩《めくら》ましか、それとも別の手段か。あるいは両方か。いずれにせよ、戦いが長引くことはない。実力はフェイが圧倒《あっとう》している。となれば勝つために取れる手段は限られる。

初めて師匠に稽古を付けてもらった時のことを思い出す。あの時、師匠は奇声《きせい》を上げて突っ込んできた。クロノも奇策《きさく》による短期決戦を狙《ねら》ってくるはずだ。方針が決まる。開始と同時に突っ込んで主導権を奪《うば》うのだ。

「始めッ！」

トニーが手を振り下ろし、フェイは地面を蹴《け》った。これで主導権を奪える。そう思ったが、クロノは冷静に木剣を突き出した。戦慄《せんりつ》が走る。読み違えた。奇策だなんてとんでもない。カウンターを狙っていたのだ。神威術を使っていれば寸前で直角に曲がることも可能だった。だが、生身では不可能だ。

慌《あわ》てて足を止め、距離《きより》を取る。追撃《ついげき》されるかと思ったが、クロノは木剣を構え直しただけだ。もしや、純粋《じゆんすい》に手合わせを望んでいたのだろうか。いや、そんなはずは――。そこまで考えて思考を中断する。クロノが突っ込んできたのだ。

「はぁぁぁッ！」

クロノが裂帛《れつぱく》の気合いと共に木剣を振り下ろす。フェイはぎりぎりまで引きつけて脇《わき》に回り込んだ。木剣が空を斬《き》り、クロノが無防備な姿を曝《さら》す。今なら簡単に勝てる。にもかかわらず、攻撃《こうげき》できなかった。当然、クロノはその時間を最大限に活用する。体勢を立て直し、横薙《な》ぎの一撃《いちげき》を放つ。真っ当な一撃だ。少なくともフェイを陥《おとしい》れようとする意図は見えない。

乾《かわ》いた音が響く。木剣がぶつかり合う音だ。フェイは目を見開いた。避《さ》けようと思えば避けられた。それなのに、どうしてわざわざ木剣を受け止めたのか。それは──。再び思考を中断する。クロノが木剣を押し込んできたのだ。鍔迫《つばぜ》り合いに移行し、腕力《わんりょく》勝負に持ち込むつもりだろう。狙いは悪くないが、付き合うことはできない。

クロノがさらに木剣を押し込もうとし、フェイはそれに合わせて引いた。突然支えを失ってクロノの上体が泳ぐ。何とか踏み止《とど》まろうとするが、叶《かな》わずに蹈鞴《たたら》を踏む。チャンスだ。そう考えた次の瞬間《しゅんかん》、クロノが動いた。振り向き様に攻撃を放つ。下から上へ、斜《なな》めの軌道《きどう》を描《えが》く一撃だ。フェイは木剣で攻撃を受ける。また乾いた音が響いた。

クロノが力任せに木剣を振り上げようとするが、それを許すつもりはない。上から木剣を押さえる。元々、不自然な姿勢から攻撃を放っているのだ。それだけで容易《たやす》く動きを封《ふう》じられる。さて、これからどうするつもりだろう。これまでのことや実力差を考えれば諦《あきら》めてしまってもおかしくない。

フェイはクロノを見つめ、小さく笑った。馬鹿《ばか》にした訳ではない。彼《かれ》がまだ諦めていないと分かったからだ。不意に先程の疑問──木剣でクロノの攻撃を受けた理由に思い当たる。きっと、敬意を払《はら》いたかったのだ。そうでなければ謝罪か。奇策を用いると決めつけてしまった。主《あるじ》と定めた人物を侮《あなど》るなど騎士《きし》にあるまじき態度だ。攻撃の一つや二つ受けなければ申し訳ない。疑問が解け、気持ちを改める。ここからは真摯《しんし》かつ丁寧《ていねい》に戦う。不意に抵抗《ていこう》がなくなる。クロノが木剣から手を放したのだ。そのまま体当たりを仕掛《しか》けてくる。距離を取らせる、もしくは組み技に持ち込もうとしているのだろう。組み技に持ち込まれても勝つ自信はあるが、着眼点は悪くない。クロノがフェイに勝っているのは体格だけだ。それを活《い》かそうとするのは理に適《かな》っている。

しかし、それでは木剣が体に触れたら負けという条件が変わってしまうし、わずかとはいえ勝率を減らすことになる。付き合うことはできない。

跳《と》び退《すさ》って距離を取る。クロノは追ってこない。木剣を拾って中段に構える。勝ち目が薄《うす》いと分かっても正々堂々と戦うつもりなのだ。思わず笑《え》みがこぼれる。フェイは静かに呼吸して木剣を構えた。静寂が舞い降りる。清々《すがすが》しい気分だ。疲労《ひろう》も気にならない。実力差があってもこういう戦いができるのだなと思う。

クロノが動く。一気に距離を詰《つ》め、木剣を振り下ろす。今度は受けない。攻撃をぎりぎりまで引きつけ、体捌《たいさば》きのみで躱《かわ》す。木剣が空を斬る。だが、クロノはめげずに次の攻撃を繰《く》り出してきた。木剣で攻撃を受ける。すると、クロノはすかさず木剣を押し込もうとしてきた。そうくることは予想済みだ。タイミングを合わせていなす。また蹈鞴を踏むかと思いきや今度は踏み止まった。フェイに向き直り、さらに攻撃を仕掛けてくる。これを躱されれば次の、次の攻撃を躱されればまた次の攻撃を仕掛けてくる。

しかし、攻撃は無限に続けられない。攻撃するほど疲労が蓄積《ちくせき》する。息が上がり、手数が減り、威力《いりょく》も失われていく。やがて、完全に攻撃が止まる。フェイは距離を取って、クロノを見つめた。呼吸は荒《あら》く、木剣を構えることもままならなくなっている。攻撃できてもあと一、二撃といった所か。

クロノは大きく息を吐き、木剣を構えた。呼吸が整っている。最後まで諦めるつもりはないということか。トニーにもこの姿勢を見習って欲しい。心からそう思う。フェイは静かに息を吐き、木剣を構えた。こちらも最後まで真摯《しんし》かつ丁寧に戦うのだ。先に動いたのはクロノだった。当然か。もはや体力の限界なのだ。フェイに合わせたらそれだけで体力が尽きる。

「お、ぉぉぉぉぉッ！」

自身を鼓舞《こぶ》しようとしてか、クロノが雄叫《おたけ》びを上げて突っ込んできた。木剣を振り下ろす。フェイはぎりぎりまで引きつけて木剣を躱した。クロノが体勢を崩す。そのまま頽《くずお》れるかと思ったが、横薙ぎの一撃を放つ。フェイは木剣で攻撃を受け止めた。乾いた音が響く。二撃目だ。予想が正しければこれで力尽《ちからつ》きる。

だが、クロノは木剣を押し込もうとしてきた。いや、体が頽れた結果、木剣を押し込むような形になったというべきか。予想外の攻撃だが、この程度は織《お》り込み済みだ。反転して攻撃をいなす。今度こそ踏み止まれずにクロノは派手に転倒《てんとう》した。ごろごろと地面を転がる。もちろん、油断はしない。クロノがぴたりと動きを止める。力尽きていたにしては不自然な挙動だ。慎重《しんちょう》に足を踏み出した次の瞬間、クロノが動いた。振り向き様に木剣を投げつけてきたのだ。乾いた音が響く。フェイが木剣を弾《はじ》いた音だ。

「ぉぉぉ――――ッ！」

雄叫びと呼ぶにはあまりにも弱々しい声を上げ、クロノが突っ込んできた。まさか、ここから組み技を仕掛けるつもりか。有り得ない。万全の状態でも勝算が薄いのだ。ここまで消耗した状態では尚更《なおさら》だ。がくん、とクロノの膝《ひざ》が折れる。とうとう力尽きたのだ。そのまま倒《たお》れるかと思いきや、地面を蹴った。

クロノとの距離が狭《せば》まる。木剣はなく、体力も底を突いた。もう戦う術は残されていないはずだ。だというのに予感がある。まだ終わっていないという予感だ。有り得ないと理性が予感を否定した次の瞬間、クロノが腕《うで》を伸ばした。掴《つか》み掛かろうとしてではない。その手には短剣《たんけん》を模した木が握られていた。クロノはまだ戦う術を残していた。しまった。やられた。クロノはまだ戦う術を残していた。いや、違う。全《すべ》てはこの瞬間膝を屈《くつ》する。
のためだったのだ。攻撃しようにも距離が近すぎる。体を捻《ひね》って攻撃を躱す。軍服が引っ張られる。木の先端《せんたん》が軍服に引っ掛かったのだ。今度こそ、力尽きたのだろう。クロノが膝を屈《くつ》する。

フェイは溜息を吐き、トニーに視線を向けた。クロノの勝利を信じられないのか、驚いたような表情を浮《う》かべている。しばらくしてこちらを見る。どうジャッジするのか迷っているようだ。見たままでいい、とフェイは頷いた。気持ちが伝わったのだろう。トニーは神妙《しんみょう》な面持ちで頷き返してきた。

「クロノ様の勝ちなんだぜ！」

トニーがクロノの勝利を宣言する。負けてしまった。だが、清々しい気分だ。思わず口元が綻《ほころ》んでしまう。不意にクロノが立ち上がった。

「約束は、守って、もらうからね」

「——ッ！」

クロノが息も絶《た》え絶《だ》えに言い、フェイは息を呑《の》んだ。忘れていた。負けた方が何でも言うことを聞くという約束をしていたのだ。こんな大事なことを忘れてしまうなんて迂闊《うかつ》すぎる。どうして、いや、忘れた理由を考えている場合ではない。どうにかして誤魔《ごま》化《か》さなければならない。今こそ馬鹿なりに頭を使う時だ。

「どんなお願いをしようかな？」

「……」

嬉しそうにしているクロノをフェイは黙《だま》って見ていた。その間もかつてないほどのスピードで思考している。だが、状況を打開するアイディアは思《おも》い浮かばない。カラカラと思考が空回るだけだ。いや、捻り出すのだ。状況を打開するアイディアを、起死回生、逆転の一手を。その時、サッブの言葉が脳裏を過った。素《そ》っ気《け》ない態度を取られると振り向かせてやろうという気になる。これだ。

「クロノ様……」

「ん？　何？」

フェイが名前を呼ぶと、クロノは問いかけてきた。フェイはそっぽを向き——。

「……嫌《きら》いであります」

小さく呟《つぶや》いた。こんなことを言ってよかったのかと後悔の念が湧《わ》き上がる。それだけではない。恥《は》ずかしい。恥ずかしさのあまり耳まで熱くなる。だが、これでクロノは思い直してくれるはずだ。思い直してくれなくても、どうしてフェイが嫌いと言ったのか興味を持ってくれるに違いない。だが、五秒経《た》ち、十秒経ち——三十秒が過ぎてもクロノは声を掛けてこなかった。

どうしたのだろう？　と横目で確認する。すると、クロノは侯爵邸に向かって歩き出していた。慌てて後を追う。

「ストップ！　ストップでありますッ！」

フェイは大声で叫《さけ》びながらクロノの正面に回り込んだ。

「どうして、行ってしまうのでありますか？」

「自分の部屋でゆっくり考えようと思って」

「嫌いって言ったのに、どうして無視するのでありますか!?」

「本当に嫌ってるように見えなかったし、その時はその時で仕方がないかなって」

「素っ気ない！　素っ気なさすぎでありますッ！　仕方がないで済ませられたら私が困るであります！　愛と忠誠が大赤字でありますッ！」

フェイは拳を上下に振りながら叫んだ。

「愛に報《むく》いて欲しいってことは嫌ってないってことか」

「忠誠が抜《ぬ》けてるであります、忠誠が！」

「フェイは僕のことを好きってことでＯＫ？」

「ぐッ……」

突然、質問されてフェイは呻《うめ》いた。無言で顔を背ける。まさか、こんな所で好きかどう

か聞かれるとは思わなかった。心臓が早鐘《はやがね》を打つ。頬《ほお》が、耳が熱い。だが、いつまでもこうしている訳にはいかない。意を決して口を開く。

「…………好きでありますよ」

フェイはぎゅっと目を閉じた。恥ずかしい。恥ずかしい。心臓が痛いほど鼓動《こどう》し、耳が熱くなる。だが、いつまで経ってもクロノからの返事はない。横目で様子を窺《うかが》うと、そこにクロノの姿はなかった。

「クロノ様？　クロノ様は何処《どこ》でありますかッ？」

「師匠が顔を背けてる間に屋敷《やしき》に戻っちゃったんだぜ」

「何ですと⁉」

いつの間にか近くに来ていたトニーが呆《あき》れたように言い、フェイは思わず叫んだ。素っ気ない。素っ気なさ過ぎる。こうも素っ気なくされると、どうにかして振り向かせなければという気に――。

「――ッ！　これはクロノ様の罠《わな》であります！」

「罠かどうかは分からないけど、クロノ様の方が上手《うわて》ってことは分かったんだぜ」

フェイが叫ぶと、トニーは深々と溜息を吐いた。その時、背後から馬のいななきが聞こえた。振り返ると、箱馬車が侯爵邸の門を通り抜ける所だった。さらに馬に乗った男と二十頭ほどの馬が続く。

何が起きているのだろう。状況が飲《の》み込《こ》めずにぽかんとしていると、箱馬車が十メートルほど離れた場所に止まった。御者《ぎょしゃ》が御者席から飛び下り、早足で扉に向かう。扉を開けて恭《うやうや》しく一礼すると、女性が降りてきた。白いドレスに身を包んだ女性だ。フェイは顔を顰《しか》めた。その女性をよく知っていたからだ。

「……セシリー殿《どの》」

フェイは小さく呟き、ハッとトニーを見た。マズい。彼女《かのじょ》は平民や亜人《あじん》に対して攻撃的《こうげきてき》だ。前に出て、自分の体でセシリーの視線を遮《さえぎ》る。

「どうしたんだぜ？」

「トニー、あの白いドレスを着た女に近づいちゃ駄目でありますよ？」

「言われなくたって初対面の貴族に近づいたりしないんだぜ」

「賢明《けんめい》な判断であります」

そう言って、フェイはセシリーを見つめた。無言で睨《にら》み合う。だが、セシリーは動こうとしない。こっちに来いということだろうか。

「私がセシリー殿の相手をしている間にトニーは厩舎に逃《に》げるであります」

「厩舎に逃げるって……」

「セシリー殿は何もしていない私を蹴ったり、馬糞女《まぐそおんな》と罵《ののし》ったり、シルバさんやスノウ殿を斬り殺そうしたりとするヤバい貴族であります。うっかり近づくと命に関わるであります。だから、厩舎に逃げるであります。分かったでありますね？」

「……師匠と仲が悪いってことは分かったんだぜ」

フェイはセシリーの脅威《きょうい》が伝わっていないことに歯噛《はが》みしつつ足を踏み出した。背後から足音が響く。トニーの足音だ。厩舎に向かっている。言いつけに従ってくれたことに安堵《あんど》してセシリーに歩み寄る。

「きょ――」

「遅いですわ」

セシリーはフェイの言葉を遮って言った。ぐッ、と小さく呻く。セシリーは小馬鹿《こばか》にするようにおとがいを逸らし、鼻を鳴らした。

「わたくしはお兄様――ハマル家当主の名代として来ていますのよ？　何をおいても駆《か》けつけるのが筋ではなくて？」

「きょ――」

用件を聞こうと口を開く。すると、セシリーは再び鼻を鳴らした。何を言いたいのだろう。無言で見ていると、セシリーは呆れたと言わんばかりに溜息を吐《つ》いた。

「用件を聞く前に待たせたことを謝罪すべきではなくて？」

「……お待たせして申し訳ないであります」

フェイは頭を下げた。セシリーはハマル家当主の名代として来ているのだ。一昔前のように武力衝突《しょうとつ》になることはまずないが、領地間の争いを招くことになる。フェイの分を越《こ》えた問題だ。頭を下げるしかない。

「今日はどのようなご用件でありますか？」

「聞いていませんの？」

「聞いてないであります」

「……」

セシリーは無言だ。無言でこちらを見ている。

「何も聞いていないので、ご教授願いたいであります」

「仕方がありませんわね」

そう言って、セシリーは髪《かみ》を掻《か》き上げた。

「挨拶ですわ」

「何の挨拶でありますか？」

「お兄様が当主になった挨拶に決まってますわ。そんなことも分かりませんの？」

「では、あの馬は？」

「分かりませんの？」

フェイが馬に視線を向けて言うと、セシリーは問い返してきた。

「分からないであります」

「ふぅ、仕方がありませんわね。ハマル子爵《ししやく》領は名馬の産地。その当主が貧弱な騎《き》兵隊《へいたい》しか持たない新貴族に馬を恵《めぐ》んでやる。つまり、そういうことですわ」

セシリーが溜息交じりに言い、フェイは内心首を傾《かし》げた。筋が通っていない気がする。

「何故、黙っていますの？」

「失礼したであります。ちょっとボーッとしてたであります」

フェイは頭《かぶり》を振《ふ》って答えた。セシリーは筋の通らないことを言っているが、争いを招く危険を冒《おか》してまで指摘《してき》することではない。

「相変わらずボーッとしてますわね。さっさと馬を厩舎に連れて行って下さらない？」

「一人ででありますか？」

「わたくしに手伝えと仰《おつしや》いますの？」

「そうは言っていないであります」

手伝って欲しいとは思わない。そんなことを言っても手伝ってくれないと分かっているからだ。だが、一人で二十頭の馬を厩舎に連れていくことなどできない。どうすればいいのか考えていると、声が聞こえた。声のした方を見る。すると、サッブ達が近づいてくる所だった。トニーから話を聞いて様子を見に来たのだろう。

「サッブさん！」

「はッ！」

フェイが声を張り上げると、サッブは威勢《いせい》よく応じて駆け出した。アルバ、グラブ、ゲイナー、他二名——計五名の騎兵隊員も続く。サッブ達がフェイの前で立ち止まる。皆、口を開こうとしない。命令を待っているのだ。

「あそこの馬を厩舎に連れて行くであります！」

「「「「「はッ！」」」」」

フェイが命令を下すと、サッブ達は敬礼して一斉《いっせい》に駆け出した。そして、馬を厩舎に連れて行く。見事な手際《てぎわ》だ。誇らしい気分でセシリーに向き直る。彼女は苦虫を噛《か》み潰《つぶ》したような表情を浮かべていた。チャンスだ。今なら逃げられる。

「それでは、私は失礼するであります」

「お待ちなさい！」

その場を立ち去ろうとするが、セシリーに呼び止められる。

「私がここにいてもお役に立てないであります」

「客人を放置するなど言語道断ですわ！　応接室まで案内なさいッ！」

セシリーがヒステリックに叫んだ次の瞬間、背後からガチャという音が響《ひび》いた。玄関の扉が開く音だ。肩越《かたご》しに背後を見ると、アリッサが出てくる所だった。騒《さわ》ぎを聞いて駆けつけてくれたのだろう。アリッサはフェイの隣《となり》に立つと恭しく頭《こうべ》を垂れた。

「セシリー様、ご無沙汰《ぶさた》しております」

「アリッサ、でしたわね？」

「はい、私のような者を記憶《きおく》に留めて下さり、ありがとうございます」

「自身の主を死に追いやった男のもとで働くだなんて、恩知らずにも程《ほど》がありますわ」

「受けた恩を忘れた訳ではございませんが……」

セシリーが吐き捨てるように言うと、アリッサは口籠もった。沈黙《ちんもく》が舞い降《まお》りる。気まずい沈黙だ。今すぐ逃げ出したいが、アリッサを置いて逃げる訳にはいかない。その場に留まる。ややあって、アリッサが口を開いた。

「体調を崩して暇《ひま》を頂いたものですから」

「……」

アリッサの言葉にセシリーは押し黙った。押し黙るしかない。暇を頂いたとは解雇《かいこ》されたという意味だ。貴族の屋敷で働いていた者が解雇される——それは信用を失うことに等しい。ましてや、アリッサは体調を崩していたのだ。そんな彼女が解雇されればどうなるのか想像できないほどセシリーは愚《おろ》かではないだろう。

「今はメイド長を務めております」

「では、応接室に案内なさい」

「承知いたしました」

セシリーが苛《いら》立《だ》ちを滲《にじ》ませながら命じると、アリッサは恭しく一礼した。今度こそ逃げ出すチャンスだ。

「それでは、私は失礼するであります」

「お待ちなさい！」

フェイは逃げ出そうとしたが、またしてもセシリーに呼び止められた。

「私がいてもお役に立てないであります。そうでありますよね、アリッサ殿？」

「接客は私が担当いたしますので」

フェイが問いかけると、アリッサは胸に手を当てて答えた。

「フェイさんに接客ができるとは思っていませんわ。今のエラキス侯爵《こうしゃく》——あの男が来るまで話し相手になりなさい」

「……分かったであります」

どうあっても逃げられそうにない。フェイは深々と溜息を吐いた。

※

「旦那《だんな》様《さま》がいらっしゃるまでこちらでお待ち下さい」

「……」

アリッサが応接室の扉を開けると、セシリーは無言で足を踏《ふ》み出した。ソファーに歩み寄り、腰《こし》を下ろす。フェイは深々と溜息を吐き、セシリーの後に続いた。もちろん、ソファーには座《すわ》らない。壁際《かべぎわ》で待機する。

「それでは、失礼いたします」

アリッサが恭しく一礼して扉を閉める。応接室は静寂に包まれている。耳が痛くなるというか、居心地《いごこち》が悪い。静寂を打ち破ったのはセシリーだった。

「いつまでそうしているつもりですの？」

セシリーが苛立ったように言った。このまま壁の花になっていたい。だが、このままでいいと言えばさらに不機嫌《ふきげん》になるだろう。仕方がない。溜息を吐き、対面のソファーに座ろうとする。すると、セシリーが睨み付けてきた。座るなということだろうか。そのまま目の前を通り過ぎ、ソファーの後ろに立つ。今度は正解だったようだ。セシリーが満足そうに頷《うなず》く。頷いただけだ。話《はな》し掛《か》けてこない。だったら、どうして話し相手になれと言ったのだろう。訳が分からない。かくなる上は――。

私は人形であります、とフェイは自分に言い聞かせた。人形は考えない。人形は何も感じない。セシリーの言動に翻弄《ほんろう》されない。

「アリッサはどうして体調を崩しましたの？」

「知らないであります」

「知らない？」

「困窮《こんきゅう》していた所をクロノ様に救われたと聞いているであります」

セシリーの片眉が跳《は》ね上がる。だが、人形は動じない。フェイは淡々《たんたん》と応じる。

「そうですの」

「そうであります」

「――ッ！　今のは独り言ですわッ！」

「失礼したであります」

セシリーが声を荒らげ、フェイはぺこりと頭を下げた。言葉を交《か》わすたびに不機嫌さを増しているようだが、そんなことは人形に関係ない。沈黙が舞い降りる。セシリーは黙り込んでいたが、しばらくして堪《た》えきれなくなったように口を開いた。

「貴方《あなた》も何か話しなさい？」

「今、セシリー殿は何をしているのでありますか？」

「実家の手伝いをしていますわ」

「つまり、無職ということでありますね」

「違いますわ！」

セシリーは立ち上がり、テーブルを叩いた。その時、扉が開いた。扉を開けたのはクロノだ。セシリーの対面のソファーに座り、こちらに視線を向ける。

「フェイ、お疲《つか》れ様《さま》」

「とんでもないであります」

フェイは小さく頭を振る。クロノが来て安心したせいだろう。感情が戻《もど》る。

「南辺境以来だね」

「そうですわね」

クロノが正面に向き直って言うと、セシリーはムッとしたような口調で応じた。

「座ったら？」

「分かってますわ！」

セシリーは声を荒らげ、どっかりとソファーに腰を下ろした。貴族の令嬢《れいじょう》に相応《ふさわ》しくない振る舞いだが、それだけ腹が立っているということだろう。

「ああ、言い忘れていましたわ。エラキス侯爵の生還《せいかん》を心からお祝い申し上げます」

「ありがとう。少し痛い目に遭《あ》ったけど、お陰様《かげさま》で生還できたよ」

「恥《はじ》を掻かずに済んだのですからそれくらい許容すべきではなくて？」

「恥？」

「新貴族は蛮族《ばんぞく》の再侵入を防ぐために南辺境に封じられたんですもの。その新貴族が蛮族に殺されるなんて恥以外の何物でもありませんわ」

クロノが鸚鵡《おうむ》返しに呟くと、セシリーは嘲《あざけ》るように言った。そんなことを分からないのかと言わんばかりだ。喧嘩《けんか》を売られていると思ったが、これは領主同士――セシリーは名代だが――の会話だ。割って入ることはできない。

「そういえば挨拶《あいさつ》に来たって話だけど……」

「先日、兄が家督《かとく》を継《つ》ぎましたの。とはいえ、第五近衛騎士団《きしだん》の団長でもある兄は忙《いそが》しい身の上。そこで、わたくしが名代として挨拶に来ましたの」

「こんな時間に？」

「その点についてはお詫《わ》び申し上げますわ。けれど、馬を移動させるのは非常に手間が掛かりますの。歩行《かち》で行軍していたエラキス侯爵は存じ上げないでしょうけど」

ですから、とセシリーは続ける。

「大したもてなしがなくても気にしませんわ」

ああ、とクロノは声を上げ、手を打ち鳴らした。ガチャという音が響く。扉《とびら》の方を見ると、アリッサがワゴンを押して入ってくる所だった。ワゴンの上にはティーセットが載《の》っている。アリッサはテーブルから少し離れた場所にワゴンを止め、洗練された所作でカップに香茶《こうちゃ》を注いだ。質のいい香茶なのだろう。芳醇《ほうじゅん》な香《かお》りが鼻腔《びこう》を刺激《しげき》する。

「失礼いたします」

アリッサがセシリーの前にカップを置いた。セシリーは躊躇《ためら》う素振《そぶ》りを見せながらカップを手に取り、口元に運んだ。香茶を口に含《ふく》み、軽く目を見開く。静かにカップをテーブルに置き、アリッサに視線を向ける。

「悪くありませんわね」

「以前、いらした際にお気《き》に召《め》して頂いたようですので」

そうですの、とセシリーは小さく相槌《あいづち》を打った。アリッサはしずしずとワゴンに歩み寄ってテーブルに向き直る。香茶のお陰《かげ》だろうか。応接室の雰囲気《ふんいき》が和《やわ》らいだ気がする。

「言い忘れてたけど、馬を二十頭もありがとう」

「礼には及《およ》びませんわ。兄が家督を継いだ挨拶ですもの。貧弱な騎兵隊しか持たない新貴族に馬を恵んで差し上げるのは当然ですわ」

これで家格の違いを分かって頂けたらよいのですけど、とセシリーは小さく呟いた。なるほど、筋が通らないと思っていたが、示威行為《じいこうい》だったと考えれば合点《がてん》がいく。だが、クロノは納得《なっとく》していないようだ。訝《いぶか》しげに眉根《まゆね》を寄せている。

「何か仰りたいことでもありますの？」

「それっておかしくないかな？」

クロノは小声で言うと、セシリーは顔を顰めた。

「何がおかしいんですの？」

「実はブラッド殿から書簡をもらっているんだけど……」

「お兄さ——兄から？」

お兄様と言いかけ、セシリーは慌てて言い直した。

「それで、兄は何と？」

「領地が隣《とな》り合う者同士仲よくやりたいって」

「……」

クロノの言葉にセシリーは押《お》し黙った。もしや、連絡《れんらく》に不備があったのだろうか。

「ブラッド殿から何も聞いていないのなら仕切り直さない？」

「何ですって⁉」

セシリーが声を荒らげた次の瞬間、バンッという音と共に扉が開いた。扉を開けたのはティリア皇女だった。クロノに歩み寄り、立ち止まる。

「クロノ、ここにいたのか」

「ティリア、どうかしたの？」

「いや、大した用事じゃないんだが……」

ティリア皇女は口籠《くちご》もり、セシリーに視線を向けた。

「ど、どど、どうして、皇女殿下《でんか》がエラキス侯爵領にいらっしゃいますの⁉」

「病気療養《りょうよう》ということになっている。もちろん、それだけではないが……」

そう言って、ティリア皇女はクロノが座るソファーに寄り掛かった。仲のよさをアピールしているのだろう。距離が近い。

「どうする？」

「……改めて挨拶に伺《うかが》いますわ」

クロノが問いかけると、セシリーはやや間を置いて答えた。無言で立ち上がり、荒々《あらあら》しい足取りで扉に向かう。

「見送りは？」

「結構ですわ！」

セシリーは大声で叫び、応接室を出て行った。クロノが視線を向ける。すると、アリッサは小さく頷き、セシリーの後を追った。ふぅ、とクロノは溜息《ためいき》を吐き、ソファーの背もたれに寄り掛かった。

「あのタイミングでよかったか？」

「うん、ナイスタイミングだったよ」

会話から察するに二人は示し合わせていたようだ。だが──。

「どうして、仕切り直したのでありますか？」

「セシリーは何も聞いてなかったみたいだし、そんな相手と長々と話し込んで自分の手札《てふだ》を曝《さら》すのもどうかなって思って。あとは、馬を二十頭もらって喧嘩を売るような真似《まね》はしたくないな～って」

「なるほどな～であります」

フェイは頷いた。連絡の不備はあったが、二十頭の馬は物を言ったようだ。ところで、とクロノはソファーの背もたれに寄り掛かったまま天井《てんじょう》を見上げた。

「二人にお願いがあるんだ」

「どんなお願いだ？」

「ミノさん達《たち》の叙爵《じょしゃく》が認められたから叙爵式をやろうと思うんだけど、二人に出席と協力をお願いしたいと思って」

「なんだ、そんなことか。いいぞ。フェイもいいな？」

「承知したであります」

ティリア皇女に視線を向けられ、フェイは頷いた。もしかして、何でも一つだけ言うことを聞くという約束はこのためだったのだろうか。

※

夜——今日は疲れたであります、とフェイは溜息を吐きながら浴室の扉を開けた。温かく湿《しめ》った空気が押し寄せてくる。一日の終わりを実感したせいだろうか。疲労感が増したような気がした。掛け湯をして湯船に浸《つ》かる。

「あ～、いい湯であります」

フェイが呟いた次の瞬間、ガチャという音が響いた。浴槽《よくそう》に身を隠《かく》して浴室の入り口を見ると、クロノが入ってくる所だった。当然のように真《ま》っ裸《ぱだか》だ。

「な、なな、なんで、入ってくるでありますか⁉」

「一緒《いっしょ》にお風呂《ふろ》に入ろうと思って」

抗議《こうぎ》するが、クロノは当然のように言い放った。強い既視感《きしかん》を覚える。そうだ。前回も同じことを言われた。とするとこの後の展開は——。どっこいしょ、とクロノは風呂イスに腰を下ろした。

「さて、フェイに背中を流してもらおうかな」

ぐッ、とフェイは呻いた。案の定だ。だが、自分はあの時のままではない。成長している。成長しているはずだ。成長してたらいいなと思う。だから——。

「い、嫌《いや》であります」

「何でも言うことを聞く約束は？」

浴槽にしがみついて断るが、クロノはすかさず約束の件を口にした。ぐぅ、とフェイは呻いた。逃げたい。だが、約束は約束だ。それに、一度は通った道だ。今回もできるはずだ。意を決して立ち上がると、クロノがこっちを見ていた。咄嗟《とっさ》に胸と股間《こかん》を隠す。

「こっちを見ちゃ駄目《だめ》であります！」

え〜、とクロノは不満そうに声を上げた。だが、ここで言い争っても仕方がないと思ったのだろう。正面に向き直る。フェイは胸と股間を隠したまま浴槽から上がり、クロノの背後に移動した。跪《ひざまず》いてホッと息を吐く。

「石鹸《せっけん》の泡《あわ》をたっぷり胸に付けて洗って下さい」

「わ、分かったであります」

フェイは石鹸を手に取り、泡をたっぷりと胸に付けた。深呼吸を繰り返し、覚悟《かくご》を決めて背後からクロノに抱《だ》きつく。ぎゅっと目を閉じて小刻みに体を動かす。

「もう少し大胆《だいたん》にお願いします」

「わ、分かったであります」

クロノのお願いを受けて大胆に——大きく体を動かす。だが、これは序の口だ。まだ先がある。クロノが身動《みじろ》ぎし、フェイは思わず動きを読めた。

「前の方もお願いします」

「わ、わわ、分かったであります」

フェイは背後から手を伸《の》ばし、クロノを掴んだ。

「うほッ！」

「ひぃッ！」

クロノが変な声を上げ、フェイは悲鳴を上げた。

「ごめん。さあ、続きをどうぞ」

「わ、分かったであります」

冷静に、冷静にと自分に言い聞かせてクロノを洗う。元気になっているが、気にしない。

「洗い終えたであります」

「ありがとう」

桶《おけ》でお湯を掬《すく》い、泡を洗い流す。疲れた。気力も体力も限界に近い。今日はよく眠《ねむ》れそうだ。その時、悪寒《おかん》が背筋を這《は》い上がった。

「じゃ、今度は僕《ぼく》が――」

「け、結構であります」

言葉を遮って断る。だが、クロノは聞く耳を持たなかった。クロノが反転してこちらに向き直ろうとし、フェイは慌《あわ》てて背中を向けた。

「遠慮《えんりょ》せずに」

「え、遠慮じゃないであります！」

立ち上がろうとするが、それよりも速くクロノに肩《かた》を掴まれた。疲労《ひろう》のせいか、振り解《ほど》けない。それを承諾《しょうだく》の証と見なしたのだろう。クロノはフェイにお湯を掛けると、垢擦《あかす》りで背中を擦《こす》り始めた。

おや？　と軽く目を見開く。破廉恥《はれんち》なことをされると思ったが、杞憂《きゆう》だったようだ。安堵の息を吐き――。

「――ッ！」

フェイは息を呑んだ。クロノの手が前――胸に伸びてきたのだ。

「む、むむ、胸は自分でやるであります！」

「遠慮せずに」

「遠慮してない――ッ！」

フェイは最後まで言い切ることができなかった。クロノに抱き寄せられたのだ。体を強《こわ》ばらせるが、触《ふ》れられている内に力が抜ける。クロノの手が下半身に伸びる。太股《ふともも》に力を入れるが、抗《あらが》いきれずに力が抜ける。

「い、意地悪するクロノ様なんて嫌いであります」

「そう？　こっちはそう言ってないよ？」

「――ッ！」

クロノが邪悪《じやあく》な笑《え》みを浮かべ、指を動かした。指を動かし、動かし、動かし続けて、あとちょっとという所で動きを止める。それだけではない。フェイを解放する。突然《とつぜん》、戒《いまし》めから解き放たれ、床《ゆか》に両手を突《つ》く。

「フェイは僕のこと好き？」

「……」

フェイは咄嗟に答えられなかった。好きと答えればどうなるか分かりきっている。

「僕のこと好き？」

「…………好きであります」

頬が熱くなるのを自覚しながら答える。

「じゃあ、いいよね？」

「はいであります」

フェイは頷き、びくっと体を震《ふる》わせた。クロノに腰を掴《つか》まれたのだ。焦《じ》らすように自身を擦り付けてくる。

「最後にもう一度だけ聞くけど、僕のこと好き？」

「はい、私はクロノ様のことを大好きであります」

フェイは羞恥《しゅうち》に身を震わせながら答えた。これから好きという言葉を何度も口にすることになるのだが、今のフェイには知る由もないことだった。

第二章『ヴァイオレット』

帝国暦《ていこくれき》四三一年九月末夜――マジックアイテム特有の白々とした光が部屋を照らしている。安普請《やすぶしん》という言葉がぴったりの部屋だ。ケインは壁に寄り掛かり、ベッドに腰掛《こしか》ける女に視線を向けた。垢抜《あかぬ》けないくせに不思議と気品を感じさせる。そんな矛盾《むじゅん》した印象の女だ。名をヴァイオレットという。彼女とは一年余りの付き合いになる。だが、彼女について知っていることはそう多くない。彼女がヴァイオレットと名乗っていること、この娼館に勤めていること、そして、情報通であることくらいだ。

「いいかしら？」

「頼《たの》む」

「これは噂《うわさ》で聞いたんだけど――」

ケインが短く応じると、ヴァイオレットは噂話《うわさばなし》を語り始めた。噂話といってもその内容は井戸端《いどばた》会議レベルから周辺諸侯《しょこう》の動向、自由都市《じゆうとし》国家群《こっかぐん》の流行、傭兵《ようへい》ギルドの懲罰《ちょうばつ》部隊に粛清《しゅくせい》された元傭兵の話など多岐《たき》に渡《わた》る。中には与太話《よたばなし》としか思えないものもある。鵜呑《うの》みにすることはできないが、こういう話があると知っておくことは大事だ。知っていれば対策を取れるし、世の中の流れみたいなものを朧気《おぼろげ》ながら理解できるようになる。

「——こんな所ね」

ヴァイオレットが話を終え、ケインは壁から離《はな》れた。テーブルに歩み寄り、報酬《ほうしゅう》の入った革袋《かわぶくろ》を置く。普通《ふつう》の娼婦《しょうふ》ならば駆け寄って革袋を懐《ふところ》に入れる。だが、彼女は優雅《ゆうが》に脚《あし》を組んだだけだ。違和感《いわかん》を覚えるが、詮索《せんさく》はしない。

「そういや、あの件はどうだった？」

「あの件？　ああ、野菜の件ね。何て名前だったかしら？」

「ジャガイモ、トウモロコシ、カボチャだ。で、首尾《しゅび》はどうだった？」

「さっぱりよ」

「だよな」

ヴァイオレットが肩を竦《すく》め、ケインは小さく溜息を吐いた。それが面白《おもしろ》くなかったのだろう。拗《す》ねたように唇《くちびる》を尖《とが》らせる。

「野菜の情報を知りたければ黄土《おうど》神殿《しんでん》に行けばいいじゃない」

「そっちはクロノ様がやってるからな。俺《おれ》は別アプローチって訳だ」

「そういうことね。でも、どうしてクロノ様は野菜なんて探してるのかしら？」

「荒《あ》れた土地でも育つって言ってたから救荒《きゅうこう》作物でも探してるんだろ」

ふ～ん、とヴァイオレットは興味なさそうに相槌を打った。もっとも、本当に興味がないかは分からない。この情報を誰《だれ》かに売る可能性もある。だが、仮にそうなってもトラブルに発展する可能性は低いはずだ。クロノが実物を知っている以上、騙《だま》すことはできないからだ。野菜の件はさておき、これで用事は済んだ。

「じゃ、俺は帰るぜ」

「遊んでいかないの？」

「悪《わり》ぃが、ここには仕事で来てるんだよ」

ケインが溜息交じりに答えると、ヴァイオレットは拗ねたように唇を尖らせた。しばらくそうしていたが、閃《ひらめ》いたと言わんばかりに手を叩《たた》く。

「仕事の一環《いっかん》ということにしておけばいいじゃない」

「罪悪感で勃《た》つものも勃たなくなっちまうよ」

「ナイーブなのね」

「せめて、真面目《まじめ》と言ってくれ」

ヴァイオレットが哀《あわ》れむように言い、ケインはうんざりした気分で応じた。

「もういいわ。そんなに帰りたいならさっさと帰ればいいじゃない」

「悪ぃな」

「悪いなんて思っていないくせによく言うわ」

ヴァイオレットがぷいっと顔を背《そむ》け、ケインは苦笑《くしょう》した。踵《きびす》を返して扉に向かう。ドアノブに手を伸ばしたその時——。

「本当に帰っちゃうの？」

「また来る」

ヴァイオレットが寂《さび》しそうに言った。だが、ケインは振り返らずに部屋を出た。薄暗《うすぐら》い廊下《ろうか》を抜《ぬ》け、階段を下り、酒場に出る。すると、ケイン隊長という声が上がった。娼婦達《しょうふたち》の声だ。視線を巡《めぐ》らせると、娼婦達が駆け寄ってくる所だった。彼女達《かのじょたち》はケインの前で立ち止まり——。

「次はヴァイオレットじゃなくて、あたしを指名して」

「ちょっと！　抜け駆《が》けするんじゃないわよッ！」

「アンタもね！　次は私なんだからッ！」

ギャーギャーと言い争いを始めた。ケインはそっと出口に向かう。店から出ると、喧噪《けんそう》が押し寄せてきた。通りは明るく、活気に満ちている。歓楽街《かんらくがい》とはそういうものだと言ってしまえばそれまでだ。だが、ケインにはハシェルの歓楽街がこれまで見てきた何処《どこ》の街とも違《ちが》うように感じられる。何というか、他の街と違って健全なのだ。恐《おそ》らく、これはクロノとその部下が領民に信用されているからだろう。少なくとも犯罪組織よりはよほど頼《たよ》りになると思われているはずだ。

クロノの部下になったばかりの頃《ころ》を思い出す。あの頃のハシェルは治安が悪かった。街の外縁部《がいえんぶ》など昼でも身の危険を感じたほどだ。だが、今は違う。日陰《ひかげ》になっているので薄《うす》気味《きみ》悪《わる》く感じることはあるが、身の危険は感じない。騎兵隊という業務上、ケインはあまりハシェルに関《かか》わっていないが、わずかなりとも貢献《こうけん》できていればと思う。

「いい娘《むすめ》がいるよ？　寄ってかないかい？」

「いい酒があるよ、いい酒が」

「銀貨一枚で閉店まで飲み放題だ、飲み放題」

「いい娘が揃《そろ》ってるよ！　ハシェルに来たらうちの店に寄らなきゃ損ってもんだ！」

ケインは客引きを躱《かわ》しながら歓楽街を歩く。喧噪が徐々《じょじょ》に遠ざかり、やがて人気《ひとけ》のない通りに出る。洗練された街並みが広がるハシェルの商業区だ。商業区はよくも悪くも変化に乏《とぼ》しいエリアだったが、最近になって活気づいてきた。これにはシナー貿易組合の存在が影響《えいきょう》している。

クロノの施策《しさく》もあってハシェルの住人は懐具合《ふところぐあい》に余裕《よゆう》があった。とはいえ帝国《ていこく》有数の商会で買い物ができるほどではない。要するに金はあるが、買いたいものがないという状《じょう》況《きょう》だったのだ。そこにシナー貿易組合がフリース——高品質かつ庶民《しょみん》にも手が届く価格の衣類を売り出した。ハシェルの住人はそれに飛びついた。自分達の欲《ほ》しいものが売り出されたのだ。飛びつかない訳がない。こうして、シナー貿易組合は人気店となった。

当初、他の商会は静観の構えを見せていた。そこには帝国有数の商会としてのプライドやすぐに失速するという予測があったはずだ。だが、シナー貿易組合は失速するどころかますます売り上げを伸ばした。そこで危機感を覚えた他の商会が低価格帯の商品を取り扱《あつか》うようになり、そちらにも人が流れた。ピクス商会のようにハイクオリティな接客が再注目される所もあったが、シナー貿易組合のお陰で商業区全体が活性化《かっせいか》したのは間違《まちが》いない。

商業区を抜け、高い塀沿《へいぞ》いを歩く。侯爵邸《こうしゃくてい》を取り囲む塀だ。門の前で足を止める。門の向こう——庭園に光が見えたような気がしたのだ。目を細める。やはり、見間違《みまちが》いではなかったらしく光が見える。不規則に揺《ゆ》らめいているので炎《ほのお》だろう。放火だろうか。剣《けん》の柄《つか》を握《にぎ》り締《し》め、慎重《しんちょう》に炎に近づく。炎の姿がはっきりと見えるようになり、剣の柄から手を放す。炎の近くにいたのが知り合いだったからだ。

「アリデッド、デネブ、こんな夜更《よふ》けに何をやってるんだ？」

「「——ッ！」」

声を掛けると、アリデッドとデネブがハッとしたようにこちらを見た。

「ケイン隊長に見つかるとは意外だし」

「こんな夜更けにどうしたのみたいな？」

「それはこっちの台詞《せりふ》だって」

ケインは頭を掻《か》き、地面を見つめた。蒸留器が携帯用竈《けいたいようかまど》の上に設置され、酒瓶《さかびん》がその周辺に転がっている。

「もしかして、アルコールを抽出《ちゆうしゆつ》してたのか？」

「「……」」

アリデッドとデネブは無言だ。

「どうして、そんな真似を……」

「ふふふ、バレちゃしょうがないみたいな！」

「そう！　あたしらはアルコールを抽出してたみたいな！」

ケインが尋《たず》ねると、アリデッドとデネブは開き直ったように言った。

「いや、俺が聞きたかったのはアルコールを抽出している理由だったんだが……」

「あたしらは研究の末にアルコールを飲むと酔《よ》っ払《ぱら》えることを発見したみたいな！」

「さらに水で薄《うす》めて果汁《かじゆう》を加えると果実水みたいな飲み口になることも発見したし！」

そう言って、アリデッドとデネブは拳《こぶし》を握り締めた。なるほど、ようやく二人がアルコールを抽出している理由が分かった。それにしても以前あれだけ大騒《おおさわ》ぎしていたのによく飲めたものだ。

「つまり、あたしらはあたしらのためにアルコールを抽出してるみたいな！」

「でも、偶《たま》に売ることもあるみたいな！　なかなかいい小遣《こづか》い稼《かせ》ぎになるみたいなッ！」

ふふふ、とアリデッドとデネブは笑った。

「その酒瓶は？　まさか——」

「馬鹿《ばか》を言ってもらっちゃ困りますみたいな！」

「ちゃんとトニオから格安で譲《ゆず》ってもらってますみたいな！」

アリデッドとデネブはケインの言葉を遮《さえぎ》って言った。

「トニオからお酒を安く仕入れ、アルコールを抽出するみたいな！」

「あたしらが飲み、余った分は売る——永久機関の完成だし！」

アリデッドとデネブは天高く拳を突き上げた。永久機関の使い方を間違っているような気がするが、口にはしない。

「まあ、知り合いの店から仕入れてるってんなら問題ないんだが……」

「「——ッ！」」

ケインが地面を見回すと、アリデッドとデネブはガラス瓶《びん》を隠した。

「ガラス瓶に入った酒は普通の店じゃ扱ってないよな？」

「「……」」

アリデッドとデネブは静かに視線を逸《そ》らした。

「もしかして、盗《ぬす》ん――」

「クロノ様には黙《だま》ってて欲しいし！　まさか、飲み過ぎて売る分がなくなるとは思わなかったみたいな！」

「伏《ふ》して願い奉《たてまつ》るし！　もう連休がなくなるのは嫌だし！」

ケインが言い切る前にアリデッドとデネブが脚にしがみついてきた。

「そういう訳には――」

「黙っててくれたらデネブのパンツをあげるし！」

「ちょ！　勝手にそんな約束しないでッ！」

「デネブのパンツで足りなければレイラのパンツも追加するみたいな！」

「最低！　お姉ちゃん、最低だよッ！」

「黙らっしゃいみたいな！　頭下げて、謝《あやま》ったふりしてこの場を乗り切るみたいなッ！」

「ごめんなさい！　お姉ちゃんに唆《そそのか》されたんですッ！」

「どっちが最低かみたいな！」

「分かったから離れろ」

「「は〜い！」」

ギャーギャーと言い争いを始めたのでうんざりして言う。すると、二人は示し合わせていたかのようなタイミングで離れた。

「「黙っててくれるみたいな？」」

「……………分かった」

アリデッドとデネブが小首を傾《かし》げ、ケインはかなり悩《なや》んだ末に頷いた。言い様に踊《おど》らされているような気もしたが、見逃《みのが》してやってもいいかなという気になる。

「うへへ、これを……」

アリデッドが締まりのない笑みを浮《う》かべ、小さなガラス瓶を差し出してきた。中には液体──恐らくアルコールだろう──が入っている。

「何の真似だ？」

「もう分かってるくせにみたいな。でも、そういうの嫌《きら》いじゃないし」

「賄賂《わいろ》みたいな。どうかこれで一つ内密にみたいな」

ケインの問いかけにアリデッドとデネブは邪悪な笑みを浮かべた。その笑みを見ていると悪の芽を摘《つ》んでおくべきではないかという気がしてくる。

「いらねーよ」

「受け取ってもらわなければ困りますみたいな！」

「あたしらを助けると思って受け取って下さいみたいな！」

またもや二人が脚にしがみつこうとするが、ケインは後ろに跳《と》んで躱した。

「ちぃッ、まさか躱すとは思わなかったし！」

「伊達《だて》に騎《き》兵隊《へいたい》長をやってないみたいな！」

二人は立ち上がると腰を落とした。タックルするつもりか。だが――。

「最後に一つだけ聞かせてくれ」

「一つだけなら冥土《めいど》の土産《みやげ》に教えてあげるのも吝《やぶさ》かじゃないみたいな」

「質問にもよるけど、なるべく答えやすい質問にして欲しいし」

「なんで、侯爵邸の庭でアルコールを抽出してるんだ？」

「ふははッ、愚問《ぐもん》だし！　薪《まき》代は意外と馬鹿にならないしッ！」

「皆《みんな》にバレたら儲《もう》けが減るみたいな！」

何処が永久機関なんだよ、とケインは心の中で突《つ》っ込《こ》みを入れた。

「他に言い残すことはみたいな？」

「あと一つくらいなら聞いてあげるし」

「いや、今ので十分だ。あと、そこにいると危ないぞ」

「「え？」」

アリデッドとデネブが間の抜けた声を漏《も》らした次の瞬間《しゅんかん》、光が降ってきた。光は蒸留器を弾《はじ》き飛ばし、さらに携帯用竈と酒瓶《さかびん》を打ち砕《くだ》いて地面に突き刺《さ》さった。二人が振《ふ》り返って地面を見ると、地面に突き刺さった花瓶から白い光が立ち上っていた。ボッという音と共にアルコールが燃え上がる。

「「ぎゃひぃぃぃぃぃ！　あたしらのアルコールが燃えてるしッ！」」

「うるさいぞ！　こんな夜更けに何をやってるッ！」

二人が悲鳴を上げると、怒声《どせい》が響《ひび》いた。ティリア皇女の声だ。

「姫様《ひめさま》、あんまりだし！」

「あわわ、あたしらの努力の結晶《けっしょう》が！」

二人が抗議をするが、それよりも優先すべきことがある。

「叫《さけ》んでる暇《ひま》があったら水を用意しろ」

「「――ッ！　火事だしッ！」」

ケインが声を掛《か》けると、二人は大声で叫んだ。やれやれ、とケインは頭を掻き、井戸《いど》に向かった。

※

早朝――ケインは宿舎のベッドで目を覚ました。非番なので二度寝《にどね》を決め込みたかったが、部下が仕事に行く準備をしているのだろう。バタバタと騒《さわ》がしい。これでは眠れそうにない。どうしたものかと考えたその時、フェイとレイラの姿が脳裏《のうり》を過《よぎ》った。騎兵隊が三班体制になってから話す機会が減っている。

よし、とケインは体を起こし、ベッドから下りた。軍服に着替《きが》えて部屋から出ると、サッブと出くわした。よほど驚《おどろ》いたのだろう。サッブがびくっと体を震わせる。

「なんだ、お頭《かしら》ですかい」

「お頭じゃねーよ」

「分かってまさ、隊長」

ケインが突っ込むと、サッブは歯を剥《む》き出して笑った。分かっていると言ったが、しばらくしたらまた間違えるに決まっているのだ。

「隊長は非番だと思いやしたが……。どうかしたんですかい？」

「目が覚めちまってな。折角《せっかく》だからフェイ達と話しておこうと思ったんだよ」

「いい考えだと思いやす。三班体制になってなかなか会えなくなりやしたからね」

「じゃ、行くか」

「へい、お頭」

「だから、お頭じゃねーよ」

　ケインは再び突っ込みを入れ、サップと肩を並べて歩き始めた。廊下を抜け、階段を下りてホールに出る。その時、ぐぅ～という音が響いた。サップの腹が鳴る音だ。

「すいやせん」

「構わねーよ」

　照れ臭《くさ》そうに言うサップにケインは短く応じた。玄関《げんかん》から外に出る。すると、そこには庭園が広がっていた。いや、荒れ果てた庭園というべきか。もちろん、荒れ果てさせたいと思っている訳ではない。だが、草をむしったり、落ち葉を掃《は》いたり、木の枝を切ったりしても荒れていく一方なのだ。

「クロノ様に庭師を雇《やと》ってもらうように頼んでみるか」

「あまり金を使わせたくありやせんが、仕方がありやせんね」

「ビートの管理は上手《うま》くできたんだがな」

「畑と庭じゃ勝手が違いやすね」

ケインが顎《あご》を撫《な》でさすりながら言うと、サップがしみじみとした口調で応じた。庭園を横切り、門を潜《くぐ》って、侯爵邸に向かう。秋が深まっているせいか肌寒《はださむ》く感じる。

「そういえばフェイの様子はどうだ？　上手く隊長をやってるか？」

「へい、上手くやってやす。まあ、俺やアルバ、グラブ、ゲイナーがフォローすることも多いんですがね。何か、こう、ビシッと芯《しん》が通った感じがしやす」

そうか、とケインは相槌を打った。

「その分、アリデッドとデネブに手を焼いてやすが……」

「あの二人はな～」

ケインはぼりぼりと頭を掻いた。

「百人隊長を務めただけあって有能なんだが、よくも悪くも要領がいいんだよな」

「確かに、頼る相手がいると露骨《ろこつ》に手を抜きやすね」

「いっそのこと、分隊を任せちまうか」

「いい考えだと思いやすが、その前に隊員を増やさにゃいけやせんぜ」

「育成プランも考えないとな。あとのことを考えるとワイズマン先生にお願いするのが一番なんだが……。ワイズマン先生は五百人以上教えてるからな」

「他に教師を雇えりゃいいんですがね」

「といっても大勢の人間に物を教えるってのはそれだけで特殊技能《とくしゅ》だからな。そう簡単にはいかねーよ」

ケインとサッブは溜息を吐《つ》いた。

「話は変わりやすが、昨夜は随分遅《ずいぶんおそ》く帰ってきやしたね。また――」

「ああ、娼館に寄ってた」

「お頭も隅《すみ》に置けやせんね」

ケインが言葉を遮って言うと、サッブはにやりと笑った。

「お頭じゃねーよ。それに、遊んでる訳じゃねぇ。情報収集だ」

「そういうことにしておきやす」

ったく、とケインはぼやき、侯爵邸の門を潜る。庭園には部下が集まっていた。固まって話している者もいるし、すでに出発の準備を整えている者もいる。シェイナとフィーから朝食を受け取っている者もいる。

「俺は馬の準備をしてきやす」

「ああ、分かった」

ケインは厩舎《きゅうしゃ》に向かうサッブを見送った。視線を巡らせる。フェイ、アリデッド、デネブの姿はない。さらに視線を巡らせ、レイラを見つける。馬の傍《かたわ》らに立って首筋を撫でている。レイラに歩み寄る。すると、彼女《かのじょ》は馬の首筋を撫でるのを止め、こちらに視線を向けた。

「ケイン隊長、おはようございます」

「ああ、おはようさん」

ケインが挨拶《あいさつ》を返すと、レイラは訝《いぶか》しげな表情を浮かべた。

「今日は非番では？」

「目が覚めちまってな。折角だから話しておこうと思ったんだ」

「そうですか」

レイラは短く応じた。どうやら納得《なっとく》したようだ。

「騎兵隊が三班体制になってしばらく経《た》つが、調子はどうだ？　困ってることはないか？」

「いえ、特には……」

ケインが尋ねると、レイラは考え込《こ》むような素振《そぶ》りを見せた後で言った。問題ないということだが——。

「あまり無理をしないようにな」

はい、とレイラは頷《うなず》いた。

「侯爵邸に戻《もど》ってきた時に余力を残しているのがベストだ。欲をいえば七割くらいの力で仕事をするのが理想的だな」

「七割ですか？」

レイラが鸚鵡《おうむ》返しに呟《つぶや》く。たった七割という気持ちが伝わってくる。

「いつも全力だと、いざって時に対応できないからな。あと部下の管理も仕事の内だぞ」

「……はい」

部下の管理が苦手という自覚があるのだろう。レイラはやや間を置いて頷いた。それからケインはレイラと会話を重ねた。説教臭《くさ》くならないようにヴァイオレットから聞いた噂話を交えてだ。ちなみにフェイとはレイラほど長く話せなかった。というのも彼女が出発ぎりぎりまで侯爵邸から出てこなかったからだ。

※

昼──。

「おーい！　穀物庫はこっちだぞッ！」

「さっさと荷馬車を退かせ！　通れねぇだろッ！」

「麦袋《むぎぶくろ》はどう詰《つ》めばいいんだ⁉」

「やるか、この野郎《やろう》！」

「穀物庫はそっちじゃねえ！　そっちじゃねぇってッ！」

「喧嘩《けんか》は止めろ！　領主様のお屋敷《やしき》だぞッ！」

「誘導《ゆうどう》に従って下さ〜いッ！　誘導に従って――」

侯爵邸の庭園に野太い声が響く。いや、怒号《どごう》が渦巻《うずま》いているというべきか。その殆《ほと》んどは穀物庫に麦袋を運ぶ労働者のものだ。事務官が誘導すべく必死に声を掛けるが、混乱が収まる気配はない。事務官が無能だからではない。ケインの目から見ても事務官は有能だった。労働者を上手く誘導していた。では、労働者が無能なのかといえばそれも違う。労働者の仕事は荷馬車から麦袋を降ろして穀物庫に運ぶ単純作業だ。それほど高度な知識や技術を求められる訳ではない。

ならば何が問題なのか。答えはシンプルだ。運《はこ》び込まれる麦袋の量が現場の処理能力を超《こ》えてしまったのだ。到着《とうちゃく》の時間を指定できない以上、そうなる可能性はあった。それが今起きた。それだけのことだ。

とはいえ、労働者が顔見知りであれば声を掛け合って乗り切れただろう。だが、ここにいるのは救貧院《きゅうひんいん》に仕事を斡旋《あっせん》された者ばかりだ。声を掛け合うこと自体が難しいし、声を掛けても相手を苛立たせるだけということもある。先に簡単な仕事をさせて一体感を高めておけばよかったと思うが、作業員がヒートアップしている状況で言っても仕方がない。

こいつはマズいな、とケインが無精髭《ぶしようひげ》を撫でたその時――。

「もう一度言ってみろ！」

「だから！　麦袋はあっちだって言ってるだろッ！」

怒鳴《どな》り声が響いた。声をした方を見ると、労働者が睨《にら》み合っていた。一触即発《いつしよくそくはつ》という雰《ふん》囲気《いき》だ。殴《なぐ》り合いになってもおかしくない。やれやれ、とケインは頭を掻きながら男達《おとこたち》に歩み寄る。

「おいおい、喧嘩は止めろ」

「関係ないヤツは――ッ！」

声を掛ける。すると、言い争っていた男の一人が怒鳴りつけようとして息を呑《の》んだ。自分が怒鳴りつけようとしていた相手が軍服を着ていることに気付いたからだろう。男は気の毒なほど青ざめていた。

「どんどん麦袋が運び込まれて苛々《いらいら》してるのは分かるが、一旦《いつたん》落ち着こうぜ。苛々してちゃできるもんもできなくなっちまう」

「あ、ああ……」

男は震える声で言った。頼んだぜ、とケインは肩を叩いてその場を離れた。元の場所に戻っても怒号は続いている。ケインは深く息を吸い――。

「皆、苛々してるのは分かるが、落ち着こうぜ！」

声を張り上げた。怒号が止《や》み、ケインは視線を巡らせた。皆、動きを止めている。どうやら冷静さを取り戻したようだ。これなら指示を聞いてくれるだろう。

「穀物庫はあっちだッ！　荷を下ろした荷馬車は正門に向かってくれ！　慌てなくていいぞ！　大事なのは麦袋を穀物庫に収めることだからな！」

ケインが身振《みぶ》り手振《てぶ》りを交えながら指示を出すと、作業員や荷馬車が動き出した。概《おおむ》ね指示通りに動いている。だが、ここで油断すれば元《もと》の木阿弥《もくあみ》だ。身振り手振りを交えて指示を出し続ける。喉《のど》が痛みを訴《うった》え始めた頃、ようやく荷馬車の数が減り始めた。それに伴《ともな》って作業員の動きも緩《ゆる》やかなものになる。

ピークを超えたのだ。ホッと息を吐くと、事務官がやって来た。誘導を担当していた事務官だ。彼《かれ》はケインの前で立ち止まると深々と頭《こうべ》を垂れた。

「ケイン様、ありがとうございます」

「礼を言われるようなことはしてねーよ」

「ですが――」

　事務官が反論しようと口を開き、ケインは手で喉を押《お》さえて咳《せ》き込んだ。喉の痛みは本物だが、咳《せき》はわざとだ。ピークが過ぎたとはいえまだまだ麦袋を積んだ荷馬車はやって来る。押し問答《もんどう》をしている暇はない。

「どうやら限界みたいだ。あとは任せてもいいか？」

「はい！　お任せ下さいッ！」

　事務官は威勢《いせい》よく返事をすると踵を返して走り去った。

「ったく、わざとらしい」

　ふんという音が響く。鼻を鳴らす音だ。隣《となり》を見るが、そこには誰もいない。そこでやや視線を落とすと、エレナが木の板を持って立っていた。

「なんだ、いたのか」

「いたわよ！　さっきからずっと！」

　ケインの言葉にエレナは声を荒《あら》らげた。

「執務室《しつむしつ》にいなくていいのか？」

「人手が足りなくて駆《か》り出されたの！」

　エレナは苛立ったように言うと木の板を叩いた。そこにはクリップで紙の束が留《と》められている。どうやら麦袋の数が報告通りか確認《かくにん》しているようだ。

「アンタこそ、騎兵隊のくせにどうしてここにいるのよ?」

「非番で特にやることもなかったからな」

「だったらのんびりしてればいいじゃない」

「貧乏性《びんぼうしょう》でな」

ふ～ん、とエレナは興味なさそうに相槌《あいづち》を打った。それっきり会話が途切《とぎ》れる。顔を上げ、正面に視線を移す。すると、侯爵邸からアリッサが出てくるのが見えた。こちらに近づいてくる。エレナに用があるのかと思ったが、アリッサはケインの前で立ち止まった。

「何かあったのか?」

「ケイン様、旦那様《だんなさま》から伝言を預かって参りました。ある方との面会に同席して欲しいとのことです」

ケインが問いかけると、アリッサは淡々《たんたん》と答えた。ある方が誰なのか気になったが、名前を口にできない理由があるのだろう。

「分かった」

「では、まず旦那様のもとにご案内いたします」

アリッサが踵を返して歩き出し、ケインはその後を追った。

※

アリッサはクロノの執務室の前で立ち止まると道を譲るように脇《わき》に退いた。ここから先は一人でということだろう。ケインは足を踏《ふ》み出し、扉《とびら》を叩いた。ややあって――。

「どうぞ！」

クロノの声が響いた。扉を開ける。すると、クロノは机に座《すわ》っていた。来たぜ、と言って中に入り、執務室の中程《なかほど》で足を止める。だが、クロノは無言だ。どう切り出すか考えているのだろう。しばらくして口を開く。

「非番の日にごめんね」

「暇してたから構わねーよ」

「……」

苦笑しながら応じるが、クロノは黙り込んでしまった。よほど言いにくいことなのだろう。仕方がない。自分から切り出そう。

「面会に同席して欲しいって話だが、誰と会うんだ？」

「傭兵ギルドのギルドマスターだよ」

クロノは困ったように眉根《まゆね》を寄せて言った。なるほど、道理で歯切れが悪いはずだ。

「俺が奴隷《どれい》を攫《さら》った件か？」

「僕《ぼく》もそう思ったんだけど……」

正直、傭兵ギルドのギルドマスター――シフが面会を申し入れる理由などそれくらいしか思《おも》い浮かばない。クロノも同じようだが、どうも歯切れが悪い。

「面会はエレインさん経由で来た話なんだよ」

「エレインって、娼婦ギルドのエレイン・シナーのことだよな？」

「そうだけど……。会ったことなかったっけ？」

「どうもいい女に縁《えん》がないみたいでな」

クロノが不思議そうに首を傾げ、ケインは軽く肩《かた》を竦めた。クロノがエレイン・シナーに出資していることも、彼女がハシェルとシルバートンに店を構えていることも、何度か侯爵邸を訪《おとず》れていることも知っている。にもかかわらず、ケインはエレイン・シナーと顔を合わせたことがない。名前を聞いて何処のエレインか聞き返してしまうくらいには縁のない相手なのだ。まあ、それは自由都市国家群で傭兵をしていた頃も同じだが。

「つまり、エレイン・シナーの仲介《ちゅうかい》でシフと会うことになったが、その理由までは教えてくれなかったってことか」

「確認はしたんだけどね。答えられないの一点張り」

直接連絡《れんらく》してくれればよかったのに、とクロノがぼやき、ケインは苦笑した。シフだってそれができるならばそうしていただろう。だが、身の証を立てるのは難しいのだ。だから、仲介という仕事が成立する。ケインからすれば当たり前のことだが、クロノにとってはそうではないのだろう。クロノの世間知らずな一面を見ると、自分がしっかり支えてやらねばという気になる。沈黙《ちんもく》が舞《ま》い降《お》りる。だが、それは長く続かなかった。クロノが口を開いたからだ。

「どうして、教えてくれなかったんだろう？」

「そりゃ、面倒《めんどう》ごとを嫌ったんだろ」

「面倒ごと？」

「俺が傭兵《ようへい》ギルドの懲罰部隊に殺されたら揉《も》めるだろ？」

「懲罰部隊なんてあるの⁉」

ケインの言葉にクロノは驚いたように目を見開いた。

「傭兵は癖《くせ》のあるヤツが多いからな。そういう連中を従えるには暴力が一番なんだよ」

「精々《せいぜい》、小言を言われるくらいだと思ったのに……」

「で、どうする？　俺《おれ》はクロノ様がどんな選択《せんたく》をしても受け入れるぜ」

「気持ちはありがたいけど……。一年前のことを蒸《む》し返しにきたとは思えないし、まずは様子見だね」

ケインの覚悟《かくご》を察したのだろう。クロノは困ったような笑《え》みを浮かべた。

「俺を粛清しにきたと分かったら?」

「その時は戦うよ。こっちにも面子《めんつ》があるからね」

クロノはきっぱりと言った。

「俺は何をすりゃいい?」

「とりあえず、僕の背後に控《ひか》えてもらって、そこから先は臨機応変に頑張《がんば》る感じで」

「出たとこ勝負じゃねーか」

「僕も頑張ってケインを殺さないって言質《げんち》を取ろうと思います」

ケインは突《つ》っ込《こ》みを入れたが、聞いているのか聞いていないのかクロノは拳を握り締めている。さてと、とイスから立ち上がる。

「あまり待たせるのも申し訳ないからそろそろ行こうか?」

「ああ、分かった」

クロノが歩き出し、ケインはその後を追った。

※

アリッサは応接室の前で立ち止まると、伺《うかが》いを立てるようにクロノを見つめた。クロノが小さく頷き、アリッサが扉を開ける。

「アリッサ、ありがとう」

「……いえ」

クロノが礼を言って応接室に足を踏み入れ、ケインもその後に続く。ソファーに視線を向けると、男が座っていた。右の頬《ほお》に刺青《いれずみ》がある男だ。傭兵ギルドのギルドマスター・シフだ。自由都市国家群にいた頃、遠目に見たことがある。その時と印象は変わらないように思えた。シフが立ち上がろうとする。だが――。

「そのままで結構です」

クロノがやんわりと断りを入れた。シフは躊躇《ためら》うような素振りを見せたが、機嫌《きげん》を損《そこ》ねたくないと考えたのだろう。ソファーに座り直す。クロノがシフの対面のソファーに腰《こし》を下ろし、ケインはその後ろに立った。沈黙が舞い降りる。息が詰まるような沈黙だ。しばらくしてクロノがぺこりと頭を下げた。

「お待たせして申し訳ございません」

「……いえ、突然《とつぜん》の申し出にもかかわらず面会の機会を頂き、感謝いたします」

先に頭を下げられるとは思っていなかったのだろう。シフは戸惑《とまど》ったような素振りを見せながら頭を下げた。

「遅《おく》ればせながら挨拶を。お初にお目に掛かります。私はエラキス侯爵《こうしゃく》領の領主クロノ・クロフォードと申します」

「ご丁寧《ていねい》にありがとうございます。私は傭兵ギルドのギルドマスターを務めておりますシフと申します」

「彼は……。ケインと言います。ご存じかも知れませんが、私が不在の際には領主代理を務めてもらっています」

クロノは言葉を句切り、肩越《かたご》しに視線を向けてきた。といってもほんの数秒だ。すぐにシフに向き直り、ケインを紹介《しょうかい》する。

「彼は少し特殊な経歴の持ち主なのですが……。シフ殿《どの》はご存じでしょうか？」

「……はい、存じております。彼は傭兵ギルドに所属していました」

クロノが問いかけると、シフはやや間を置いて答えた。まさか、こんな早い段階で切り出すとは思わなかった。恐《おそ》らく、クロノは自分のタイミングで切り出した方がいいと考えたのだろう。

「それだけですか？」

「商人から商品を盗んだと聞き及《およ》んでおります」

「その件ですが……」

クロノは身を乗り出すと手を組んだ。

「どのようにお考えですか？」

「どのようにとは？」

「聞けば傭兵ギルドには懲罰《ちょうばつ》部隊なるものが存在するとか」

シフが問い返すと、クロノは静かに切り出した。

「ケインは優秀《ゆうしゅう》な私の部下です。すでに示談も済んでおります。にもかかわらず懲罰の対象となることがあれば……」

「恐れながら……」

クロノが言葉を句切ると、シフが発言の許可を求めた。

「どうぞ」

「発言の許可を頂き、ありがたく存じます。正直に申しますと、困惑《こんわく》しております。私は傭兵ギルドのギルドマスターとして——我々がエラキス侯爵のお役に立てるのではないかと考えて参りました」

そう言って、シフは困ったような表情を浮かべた。恐らく、演技だろう。もっと不器用な男かと思っていたが、そうではなかったようだ。いや、傭兵ギルドのギルドマスターなのだ。この程度の腹芸ができなければ自由都市国家群の重鎮《じゅうちん》と渡《わた》り合えない。

「ああ、それは……。申し訳ないことをしました。もし、気分を害したのであれば……。いいえ、私の思い込みで不愉快《ふゆかい》な思いをさせて申し訳ありませんでした」

「エラキス侯爵、頭をお上げ下さい」

クロノは口籠《くちご》もり、頭《こうべ》を垂れた。すると、シフはソファーから立ち上がり、クロノの肩に触《ふ》れた。わざとらしい遣《や》り取《と》りだ。だが、自分がどんな人間かを示すには必要な手続きなのだろう。ややあって、クロノが顔を上げる。

「仰《おっしゃ》る通り、傭兵ギルドには懲罰部隊が存在しております。このことを考えればエラキス侯爵が憂慮《ゆうりょ》されるのは仕方のないことかと存じます。しかしながら、すでに解決した問題です。この件で傭兵ギルドが行動を起こすことはございません」

「ありがとうございます」

クロノが礼を言い、シフはソファーに座り直《なお》した。言質を取ることはできたが、交渉《こうしょう》はまだ終わっていない。むしろ、ここからが本番だ。クロノがおずおずと口を開く。

「……私の役に立てるということでしたが、具体的には？」

「エラキス侯爵がカド伯爵《はくしゃく》領に港を作ったと伺っております。しかし、エラキス侯爵が擁《よう》する兵士は千人余りだとか」

「私兵として雇えと？」

「いえ、傭兵ギルドの支部を作らせて頂きたく存じます。商取引が活発になれば商人が護衛を必要とする機会も増えるでしょう。我々——ベテル山脈出身の傭兵は足腰《あしこし》が強い。原生林を越《こ》えて商売を行う時には打って付けだと思いませんか？」

ケインは思わずクロノを見つめた。原生林を越えて——神聖アルゴ王国と交易することを考えているということか。いや、これはシフが勝手に言っていることだ。これまでの経《けい》緯《い》を考えればクロノが神聖アルゴ王国と交易することはないはずだ。だが、絶対に有り得ないと言い切ることはできなかった。

「何を仰っているのか分かりませんが、悪路にも対応できると解しても？」

「失礼いたしました。あくまでたとえ話のつもりだったのですが、気が急《せ》くあまり適切なたとえを口にすることができませんでした」

「いえ、お気になさらず。私も適切なたとえを口にできないことがありますから」

ははは、とクロノとシフは笑った。わざとらしい笑い声だ。不意に笑い声が途切れ、クロノがまた身を乗り出した。

「失礼ですが、本当の目的を隠《かく》していらっしゃるのでは？　諸部《しょぶ》族連合《ぞくれんごう》の歴史を考えれば無理からぬことだとは思いますが、隠《かく》し事《ごと》をしながら交渉に臨《のぞ》むのは不誠実なのでは？」

「……」

クロノの言葉にシフは押し黙った。カマを掛けたつもりなのだろう。だが、ここで歴史を持ち出す必要があっただろうか。沈黙が舞い降りる。息が苦しくなるような沈黙だ。しばらくしてシフが小さく息を吐いた。

「ご賢察《けんさつ》の通り、我々——諸部族連合は豊かな土地への移住を希望しております」

「やはり、そうでしたか」

クロノは低い声で応じた。予想通りと言わんばかりだが、首筋にじっとりと汗《あせ》を掻《か》いているので分の悪い賭《か》けだったに違《ちが》いない。それでも、賭けに勝てたのはシフが誠実さを示したからに他《ほか》ならない。

「ベテル山脈は貧しい土地です。現在は傭兵を生業《なりわい》とすることで生活を成り立たせていますが、私は今の状況《じょうきょう》が続くとは考えておりません」

「心中お察しします。ですが、全員を受け入れることは不可能とお考え下さい」

「……わずかなりとも受け入れて頂ければと願っております」

シフが押し殺したような声で言い、再び沈黙が舞い降りる。この沈黙を破ったのはクロノだった。肩越しに視線に向け、口を開く。

「ケイン、傭兵ギルドは信じられる？」

「……傭兵ギルドとそこに所属する傭兵《ようへい》全《すべ》てを信じられるかという意味ならば信じられないとしか言い様がありません」

ケインはやや間を置いて答えた。諸部族連合の歴史に思う所はある。だが、同情して嘘《うそ》を吐《つ》く訳にはいかない。ですが、と続ける。

「ベテル山脈の傭兵は信じられると思います」

「なるほど……」

クロノは押し黙《だま》り、しばらくして口を開いた。

「これはとても難しい問題です。受け入れた諸部族連合の民が何処《どこ》に帰属意識を持っているかが重要になります」

「……」

シフは無言だ。無言でクロノの話を聞いている。しかし、とクロノは続ける。

「矛盾《むじゅん》するようですが、何処に帰属意識を持っているかは重要でないと考えます。仮に諸部族連合の人間であるという強烈《きょうれつ》な意識があったとしても死ぬまで善良な領民として振る舞えばそれは善良な領民と評してもいいでしょう。シフ殿はどう思います？」

「私もそのように思います」

シフは神妙《しんみょう》な面持《おもも》ちで頷き、居住まいを正した。

「諸部族連合の民を受け入れて下さった暁《あかつき》には皆が善良な領民という評価を受けられるように監督《かんとく》いたします」

「ご理解頂けて嬉《うれ》しいです。とはいえ、為政者《いせいしゃ》としていきなり諸部族連合の民を受け入れる訳にはいきません。文化の違いもあります。帝国《ていこく》の文化を強制するつもりはありませんが、理解して欲《ほ》しいとは考えております」

「承知しております」

「そこで、まずは傭兵ギルドの支部を作り、そこに所属する傭兵が一定期間問題を起こさなければご家族の方を受け入れるというのではどうでしょう?」

「ありがたく存じます。ですが、一定期間とは?」

「今後の交渉次第《こうしょうしだい》ですが、一年未満で考えています。そして、問題なければ受け入れる傭兵の数を増やしていきたいとも」

クロノの言葉にシフの表情が変化する。といっても本当にわずかな変化だ。見間違《みまちが》いと言われれば納得してしまいそうだ。だが、話の内容を考えれば変化したと確信できる。この時点でシフは自身の目的を達成しているのだから。一方でクロノも目的を達成していると言える。ケインを殺さないと言質を取り、シフの目的を明らかにしたのだから。

「……前向きに話を進めたいと考えております」

クロノが念を押すように尋《たず》ねると、シフはやや間を置いて答えた。当然か。これほど破格の条件を示されて断れるはずがない。だが、だからこそ、裏があるのではないかと勘繰《かんぐ》ってしまうのだろう。

「納得していないようですね？」

「正直に申し上げれば……」

なるほど、とクロノはソファーの背もたれに寄り掛かった。

「今、私は原生林を開拓《かいたく》しています」

「存じております。しかし、労働力が欲しい訳ではないでしょう？」

「そうですね」

クロノは体を起こし、前傾《ぜんけい》になった。太股《ふともも》を支えに手を組む。

「すでに聞いていらっしゃるかも知れませんが、私はシルバートンに街の有力者による合議制を敷《し》こうと考えています」

「自身の手駒《てごま》が欲しかったと？」

「そういうことです」

「如何《いかが》でしょう？」

「……」

シフは黙ってクロノを見つめた。心の裡《うち》を探《さぐ》ろうというのだろう。二人は黙って見つめ合い、シフが根負けしたように息を吐いた。

「最後に一つだけ。開拓した土地は我々のものになるのでしょうか？」

「他の領民と同じです。土地を使用する権利は認めますが、所有権は認められません。税もきちんと払《はら》って下さい」

「作物ではなく、貨幣《かへい》で税を支払《しはら》うことは可能でしょうか？」

「構いません。他に何かありますか？」

「ございません」

「そうですか」

クロノはホッと息を吐いた。だが、すぐに表情を引き締《し》める。

「このまま話を進めるようでしたら担当者を呼んできますが？」

「手前勝手ですが、また日を改めさせて頂ければ」

「分かりました。最後に一つだけお願いが……」

「何でしょう？」

「私の部下がこのたび士爵位《ししやくい》を賜《たまわ》り、叙爵式《じょしやくしき》を行おうと考えています。もし、よろしければシフ殿にも参加して頂ければと」

「……承知いたしました。喜んで参加させて頂きます」

シフがやや間を置いて頷き、クロノが手を差し出した。がっちりと握手《あくしゅ》を交《か》わし、どちらからともなく手を放す。クロノがこちらに視線を向ける。

「シフ殿の見送りをお願い」

「ああ、分かった」

ケインが扉に向かって歩き出すと、シフはクロノに一礼した後で付いてきた。扉を開けて廊下《ろうか》に出る。すると、廊下で待機していたアリッサが恭《うやうや》しく一礼した。つられて頭を下げそうになるが、自分に頭を下げているのではないと考えて背筋を伸《の》ばす。長い廊下を抜《ぬ》け、階段を下り、エントランスホールに入る。そして、玄関から外に出て扉を支える。ややあって、シフが目の前を通り過ぎ、足を止めた。

「忘れものか？」

いや、とシフは頭を振《ふ》り、こちらに向き直った。

「ただ、私に言いたいことがあるのではないかと思っただけだ」

「……俺をネタにクロノ様から譲歩《じょうほ》を引き出そうとするんじゃないかと思ってたぜ」

ケインは悩《なや》んだ末に口を開いた。クロノの努力を無駄《むだ》にしたくないという気持ちはあるが、シフを牽制《けんせい》しておきたいという気持ちが勝った。

「エラキス侯爵に伝えた通りだ。当事者間で問題が解決しているのに傭兵ギルドが口を出すことはない。それに……」

「それに？」

「不正を正すことでもたらされるデメリットの方が大きいと判断した」

ケインが鸚鵡返しに呟くと、シフは淡々と言った。さらに溜息《ためいき》を吐くように続ける。

「だが、残念だ。お前は上に来る人間だと思っていた」

「生憎《あいにく》、傭兵は性に合わなかったみたいでな」

「そのようだ」

そう言って、シフは苦笑《くしょう》じみた笑みを浮《う》かべた。

※

クロノはまだいるだろうか。そんなことを考えながらケインは応接室を覗《のぞ》き込《こ》む。すると、クロノは手足を投げ出すようにしてソファーに座っていた。その傍らではアリッサがエプロンを掴《つか》んで上下に振っていた。どうやら風を送っているようだ。

考えてみれば殆ど行き当たりばったり――頭をフル回転させて交渉していたのだ。知恵《ちえ》熱《ねつ》が出てもおかしくない。

「見事な交渉だったぜ」

「つ～、か～、れ～、た～」

ケインが声を掛《か》けると、クロノは呻《うめ》くように言った。苦笑しながら対面の席に移動して腰を下ろす。しばらくクロノはぐったりしていたが――。

「っていうか、何あれ⁉」

ガバッと体を起こして叫《さけ》んだ。さらに――。

「なんで、僕が神聖アルゴ王国と交易をすることになってるの？　聞いてないんですけど！　それに、移住希望とか訳分からないんですけど！　そりゃ、エレインさんも黙ってますわ！　はいはい、してやられました！　あの……悪魔《あくま》ッ！」

捲《まく》し立てるように言って最後に悪態を吐《つ》いた。

「約束を反故《ほご》にしたりしないよな？」

「そこはちゃんと約束を守るよ。傭兵ギルドの支部を作るって決めた時点で家族を受け入れないって選択肢《せんたくし》はなくなっちゃった訳だし……。手駒を増やせて自由都市国家群のノウハウを盗《ぬす》めたと考えれば……。幸い、シフ殿は話が分かる人みたいだから融和《ゆうわ》政策を進めていく感じで……」

ケインが平静を装いつつ尋ねると、クロノは胸を張って答えた。もっとも、胸を張っていられたのは最初だけで、あとはごにょごにょと呟くだけになってしまったが。

「融和政策って具体的にどうすんだ？」

「領主主催の合コンやお見合いパーティーとか？」

クロノは小首を傾《かし》げ、自信なさそうに言った。

※

夕方――ケインが娼館の扉を開けて中に入ると、受付で館主が暇《ひま》そうにしていた。女達の姿はなく、男の使用人が床《ゆか》を掃除《そうじ》している。カウンターに金を置き、ヴァイオレットの部屋に向かう。扉を開けて部屋に入ると、彼女はベッドに座っていた。まるでケインが来ると分かっていたかのようにだ。扉を閉め、壁《かべ》に寄り掛かる。

「二日連続で来ても新しい情報はないわよ？」

「いや、今日は別件だ」

さて、何と切り出すべきか。ケインが迷っていると、ヴァイオレットが口を開いた。

「その様子だと上手《うま》く切り抜けられたみたいね」

「こうなるって最初から分かってたんだろ？　なあ、エレイン・シナー」

「……」

ヴェイオレットは無言だ。しばらくして深々と溜息を吐《つ》く。

「気付くのが遅《おそ》すぎるわ」

ケインは不満そうな表情を浮かべるヴァイオレット——エレインを見つめた。

「仕方がねーだろ。一度も会ったことがないんだから」

「ヒントは沢山《たくさん》あったじゃない」

「まあな」

ケインはムッとして返すと、エレインはくすくすと笑った。彼女《かのじょ》の言う通り、ヒントは沢山あった。ヴァイオレットはこんな場末の娼館で働いているにしては気品がありすぎたし、一介《いっかい》の娼婦《しょうふ》とは思えないほどの情報を有していた。にもかかわらずエレインと結び付けようとしなかった。エレインがハシェルにいると知っていたのにだ。気付かれないように立ち回っていたせいもあるだろうが、迂闊《うかつ》にも程《ほど》がある。

「それで、どうだったの？」

「俺は情報屋じゃねーよ」

「クロノ様は条件付きで諸部族連合の移住を認めて、シフは貴方《あなた》の罪を問わないと約束したという所かしら？」

「そこまで分かってるんなら、どうして半端《はんぱ》な情報を寄越《よこ》したんだ？」

「私は情報屋なの」

「それで？」

「私がするのは情報を提供する所まで。そこから先はお客様の仕事よ」

ケインが先を促《うなが》すと、エレインは悪びれた様子もなく言った。つい納得《なっとく》してしまいそうだが、信じられない。他人が慌《あわ》てふためく様子を見るのが楽しいと言ってくれた方がまだしも信じられる。それに、と彼女は髪《かみ》を掻き上げた。

「これでも、プライドがあるの」

「何の？」

「女としてのプライドに決まってるじゃない。それなのに、貴方ときたら話を聞いたらすぐに帰ってしまうんだもの。意地悪してやろうと思っても不思議ではないでしょ？」

「そーかよ」

ケインはうんざりした気分で返した。

「俺はもう帰るぜ」

「そう、またね」

「ああ、またな」

そう言って、ケインは部屋を出た。

第三章『手』

あたし――エレナ・グラフィアスはゆっくりと目を開けた。ベッドに横たわったまま視線を巡《めぐ》らせる。目を覚ましたばかりだからだろう。頭が働かない。それでも、ここが自分の部屋でないことと背後から抱《だ》き締められていることは分かる。

そういえば昨日の夜伽《よとぎ》担当はあたしだった。そんなことを考えながらぼんやりと自分の手を眺《なが》める。インクで汚《よご》れた手だ。割と小まめに手を洗っているけど、爪《つめ》の間に入ったインクはちょっとやそっとじゃ落ちない。

お嬢様《じょうさま》の手じゃないわよね、とこれまたぼんやりと思う。そりゃそうよね。もうずっと経理の仕事をしているんだもの。きっと、準貴族グラフィアス家の令嬢《れいじょう》だった頃《ころ》のあたしならこの手を恥《は》じていたに違いない。けれど、今は――。

「……眠《ねむ》い」

あたしは小さく呟《つぶや》き、窓の方を見た。まだ早い時間帯なのだろう。カーテンの隙間《すきま》から差し込む陽の光は弱々しい。もう少し眠っていられそうだ。あたしは目を閉じ、うとうとしながら昨日のことを思い出していた。

※

帝国暦《ていこくれき》四三一年十月初旬《しょじゅん》昼――執務室に音が響《ひび》く。硬《かた》いものがぶつかり合う音だ。耳《みみ》障《ざわ》りな音にイラッとする。けど、あたしは自分でもびっくりするくらいの自制心を発揮して収入報告書に向き合った。収入報告書には予想収穫高《しゅうかくだか》、実際の収穫高、作物の卸値《おろしね》などが細かく記載《きさい》されている。

これが自分の仕事だと百も承知しているけど、数字を見ているとうんざりしてくる。さっさと事務官を増やして欲しい。そんなことを頭の片隅《かたすみ》で考えつつ収入報告書のチェックを終える。

「……疲《つか》れた」

あたしが深い溜息を吐くと、また音がした。硬いもののぶつかり合う音だ。イラッとして音のした方を見る。すると、フェイと目が合った。パンを口一杯《くちいっぱい》に頬張《ほおば》ってあたしを見ている。フェイがもぎゅもぎゅと口を動かしてパンを呑《の》み込む。

「どうかしたのでありますか？」

「別にどうもしないわよ」

「そうでありますか」

そう言って、フェイはカップを手に取った。あたしは再び深い溜息を吐き、机の隅《すみ》にある空の皿とカップを見つめた。

ずず～、と音を立ててフェイがカップの中身を啜《すす》る。空のカップを覗き込むと側面に野菜の切《き》れ端《はし》が付き、底に胡椒《こしょう》らしき黒い粒《つぶ》があった。このことからカップに入っていたのがスープだと分かる。

ぷはッ、とフェイは息を吐き、カップをトレイの上に置いた。よほど美味《おい》しかったのだろう。幸せそうな表情を浮かべている。視線に気付いたのか、あたしを見る。

「どうかしたのでありますか？」

「別に大したことじゃないんだけど……」

「そうでありますか」

「なんで、あたしの部屋で食事をしてるのよ？」

「エレナ殿と一緒《いっしょ》に食事をしようと思ったのであります」

あたしが尋ねると、フェイは胸を張って答えた。へ～、と相槌を打って、机の隅にある銀のトレイと空の食器を見つめる。

「一緒に食事をしたかったのは分かるわ」

「分かってもらえて嬉しいであります」

「なら、どうして空の食器が二人分あるのよ？」

「それは……。哲学的《てつがくてき》な問いかけでありますね」

哲学、と思わず呟く。まさか、あたしの食事を食べたことに哲学を持ち出すとは思わなかった。けど、どう言い訳するのかちょっとだけ気になった。

「で、どうしてあたしの分まで食べちゃったの？」

「私はエレナ殿と食事をしたくてここに来たのであります」

「ええ、それで？」

「しかし、エレナ殿は仕事中だったのであります。このままでは食事が冷めてしまうと考え、先に食事をしたのであります。ところが、一人分では足りず……」

「あたしの分まで食べちゃった？」

「そういうことであります」

「全然哲学的じゃないじゃない」

フェイががっくりと頭を垂れ《こうべ》、あたしは溜息交じりに呟いた。もっとユニークな言い訳を聞けると思ったのに――。

「まあ、いいわ」

「ちょっと待って欲しいであります！」

あたしがイスから立ち上がろうとすると、フェイが手の平を向けて叫んだ。無視しても
よかったんだけど、泣かれると困るのでイスに座《すわ》り直す。

「クロノ様の所に報告に行きたいんだけど？」

「クロノ様はきっと食事中であります」

なんで、そんなことが分かるのよ？　と言いたかったけど、仕事も一段落したことだし、
仕方がない。ちょっとだけ付き合ってあげよう。

「何か言いたいことでもあるの？」

「言いたいことはないであります」

「ちょっと……」

「ただ、エレナ殿とお話ししたかったのであります」

フェイはしょんぼりと背中を丸めて言った。

「別にあたしじゃなくても――」

「最近、スノウ殿がつれないであります」

フェイはあたしの言葉を遮《さえぎ》って言った。スノウという名前に心当たりはないけど、ハー

フェルフの少女と友達になったという話を聞いたような気がする。

「喧嘩《けんか》でもしてるの？」

「スー殿やエリル殿と一緒にいることが多くて話《はな》し掛けられないのであります」

「話し掛けられないって……」

子どもじゃないんだからと言いそうになったけど、ぐッと堪《こら》える。フェイの対人スキルが子ども並に低いと分かっているからだ。

「じゃ、あたしはこれで──」

「待って欲しいであります！」

机に手を付いて立ち上がろうとすると、フェイに腕《うで》を掴まれた。振り解《ほど》きたいけど、あたしとフェイじゃ鍛《きた》え方《かた》が違う。振り解けない。

「さっきも言ったけど、あたしはこれからクロノ様の所に行かなきゃならないの。だから、手を放しなさいよ」

「クロノ様はきっと食事中であります！」

「なんで、分かるのよ？」

「そ、それは……。私には分かるのであります！　クロノ様は食事中であります！　だから、話し相手になって欲しいであります！」

フェイは手を放すと、拳《こぶし》を握《にぎ》り締めて上下にぶんぶんと振った。さっきまでの優《やさ》しい気持ちがガリガリと削《けず》られていくのを感じる。というか、もうなくなった。

「なんで、あたしがそんなことをしなきゃいけないのよ」

「なんでって……」

フェイはしょんぼりと俯《うつむ》いた。上目遣《うわめづか》いにあたしを見る。

「友達であります」

「友達？」

「友達でありますよ！　友達友達ッ！　私は父上の形見を売ってエレナ殿の友達を助けようとしたであります！」

　ぐッ、とあたしは呻いた。それを言われると辛《つら》い。深い溜息を吐いてイスに座り直す。

「分かったわよ。付き合うわよ」

「本当でありますか⁉」

「だから、手短にね」

「はいであります！　では、近況報告《きんきょうほうこく》から――」

　フェイは嬉しそうに返事をして最近の出来事を話し始めた。特に話したいこともないので聞き役に徹《てっ》してたけど、あたしが執務室《しつむしつ》に引き籠《こ》もって仕事をしている間にも世の中は動いているらしい。不意にフェイが黙り込む。どうしたんだろう。内心首を傾げていると——。

「……先日、夜伽をしたのであります」

フェイはごにょごにょと言った。知ってる。確か女将《おかみ》が頼《たの》まれちゃ仕方がないねぇとか言って順番を代わっていた。

「ふ〜ん、で？」

「その、浴室でというか、寝室《しんしつ》でもしたのでありますが……」

フェイはそこで言葉を句切り、もじもじと身をくねらせた。耳まで真っ赤になっている。あたしが必死に仕事をしている時にと舌打ちしそうになる。フェイはしばらくもじもじしていたが、意を決したように口を開いた。

「どうにかならないでありますかね？」

「どうにかって？」

「だから、もうちょっとどうにか……」

あたしが問い返すと、フェイはごにょごにょと言った。

「夜伽が嫌《いや》なら断ればいいじゃない」

「むッ、むぅ……」

フェイは呻き、拗《す》ねたように下唇《したくちびる》を突《つ》き出した。

「夜伽が嫌という訳ではないであります。クロノ様のことも好きでありますし。ただ、ちょっと、もう少し、ゆっくり私に合わせて欲しいのであります。ど、どうすればクロノ様は私に合わせてくれるでありますかね？」

「フェイが諦《あきら》めた方が早いと思うわ」

「どうして、そういうことを言うのでありますか!?　親友のピンチでありますよ？　もっと親身になって欲しいでありますッ！」

「いつから親友になったのよ」

「かれこれ長い付き合いなので親友でもおかしくないであります」

「長い付き合いって……」

そんなに長い付き合いじゃないわよって言おうと思ったけど、フェイが涙目《なみだめ》で見ていたので止めた。その代わりという訳じゃないけど、ちょっとだけ真剣《しんけん》にどうすればクロノ様がフェイに合わせてくれるのかを考える。結論は――。

「どう考えてもフェイが合わせた方が早いわよ」

「ぐぅ、そうでありますか」

フェイはがっくりと頭《こうべ》を垂れた。気の毒だけど、本当のことだもの。というか、そんな方法があるんならあたしがとっくに使ってる。

「やはり、女将に相談した方がいいでありますかね？」

「……そうね。それがいいと思うわ」

あたしはやや間を置いて頷《うなず》いた。女将に相談してどうにかなると思わないけど、まあ相談するのは自由だし。

「話はそれでおしまい？」

「まだエレナ殿《どの》の話を聞いていないであります」

「話すことなんてないわよ」

「何故《なぜ》でありますか？」

「ずっと執務室に籠もって仕事してるんだもの。話せるようなことなんて何もないわ」

「何かないでありますか、何か？」

フェイは身を乗り出して言った。

「そうね。話せるとしたら徴税《ちょうぜい》のことくらいだけど……。フェイは興味ないでしょ？」

「そ、そんなことないであります。エレナ殿の仕事にとても興味があるであります」

そう言って、フェイは近くにあった紙の束——今年度の収支報告書を手に取った。目を細めながら収支報告書を見つめる。

「分かる？」

「……………目玉が飛び出そうな金額が並んでいることは分かったであります」

あたしが尋ねると、フェイはかなり間を置いて答えた。

「領地経営してるんだもの。個人で使う金額とは桁《けた》が違うわよ、桁が」

「こんなに使って大丈夫《だいじょうぶ》でありますか？」

「大丈夫よ」

「本当でありますか？」

「しつこいわね」

あたしは立ち上がり、収支報告書のある項目《こうもく》を指差した。

「ここの金貨八万千五百枚っていうのが去年の総収入よ」

「では、こちらが今年使った金額でありますか？」

「そういうこと」

フェイが支出の合計金額を指差し、あたしは頷いた。

「戦争や港の建設とかで沢山お金を使ったけど、半分も使ってないでしょ？」

「確かにそうでありますね」

あたしの言葉にフェイはホッと息を吐いた。残金の八割は兵士達がクロノ様に預けているお金なんだけど、不安にさせるだけなので黙っておく。でも、これからのことを考えるといつまでも一緒にしておく訳にはいかないのよね。

「さてと……。そろそろ行くわ」

「え～、もう行っちゃうのでありますか」

あたしが立ち上がると、フェイは不満そうに言った。

「フェイは暇かも知れないけど、あたしは仕事中で、クロノ様に報告しに行かなきゃいけないの。分かった？」

「う～、分かったであります」

フェイが全く分かってない口調で言うが、あたしは無視してチェックを終えたばかりの収入報告書、紙工房《かみこうぼう》の収支報告書、来年度の予算案を手に取った。

※

あたしは息も絶え絶えになって四階にあるクロノ様の執務室に辿《たど》り着いた。参った。完全に運動不足だ。まさか、自分の体がここまで衰《おとろ》えているとは思わなかった。休みの日に散歩くらいした方がいいだろうか。そんなことを考えながら扉《とびら》を叩《たた》くと、どうぞ！　という声が返ってきた。

「入るわよ」

そう言って中に入ると、クロノ様は机に向かっていた。あたしは机を迂回《うかい》してクロノ様の隣《となり》に立ち、そっと手元を覗き込んだ。そして――。

「なんで、落書きしてるのよ！」

あたしは声を張り上げた。よっぽど驚《おどろ》いたのだろう。クロノ様がびくっとする。

「こっちが仕事をしてるってのに」

「いや、遊んでる訳じゃないよ」

「じゃあ、何をしてるのよ？」

「会場のレイアウトを考えてたんだよ」

「会場？」

あたしは鸚鵡《おうむ》返しに呟き、首を傾げた。

「ほら、前に士爵位の申請《しんせい》が通ったから叙爵式をやるって言ったでしょ？」

「そういえばそんなことを聞いたような気がするわ」

「もしかして、忘れてたの？」

「忘れてないわよ」

あたしはちょっとムッとして言い返した。嘘だ。すっかり忘れていた。

「本当に?」

「しつこいわね。ちゃんと覚えてたわよ」

「まあ、いいけど……」

だったら聞くんじゃないわよと言いたかったけど、ぐっと堪《こら》える。改めて会場のレイアウトを見る。紙に長方形やら円やらが描《えが》いてある。

「どうかな?」

「図形だけじゃなくて文字も書きなさいよ」

目を輝《かがや》かせるクロノ様にあたしはうんざりした気分で突っ込んだ。

「そもそも、何処を会場にするつもりなの?」

「エントランスホールだけど?」

「は!?　エントランスホール?」

あたしは思わず聞き返した。

「何か問題でも?」

「問題大ありでしょ。折角《せっかく》の叙爵式なんだから、もっとちゃんとした所でやりなさいよ」

「そりゃ、僕《ぼく》もちゃんとした所を使いたいけど……」

「けど？」

「この辺にちゃんとした所——神殿《しんでん》とか宮殿《きゅうでん》とかないし」

あ～、とあたしは声を上げた。言われてみればという気はする。この辺りでちゃんとした建物といえばクロノ様の屋敷《やしき》くらいなものだ。

「会議室でやってもいいけど、普段《ふだん》使ってる所だとありがたみが……」

「だからって、エントランスホールはないでしょ、エントランスホールは」

「そこは演出面でカバーしようかなって」

「演出？」

「そう、演出。神威術《しんいじゅつ》を使って、こう、神々《こうごう》しい感じに」

「神々しい？」

あたしはしげしげと会場のレイアウトを眺めた。これをどう演出すれば神々しくなるんだか。そもそも——。

「神威術を演出に使うの？」

「ティリアとフェイは快く承諾《しょうだく》してくれたよ」

「そうじゃないわよ。神威術は神々の力を借りた術よ？　それを演出に使うなんて……」

「……」

ぶつくさと文句を言う。だが、クロノ様は黙《だま》り込んでいる。不審《ふしん》に思って視線を向けると、ぽかんとしていた。

「その顔は何よ？」

「いや、意外に信心深いんだなと思って」

「これでも、あたしは純白《じゅんぱく》にして秩序《ちつじょ》を司《つかさど》る神の敬虔《けいけん》な信徒よ」

「その割に――」

あたしは持っていた報告書をドンッと机の上に置いてクロノ様の言葉を遮った。

「領地の収入と紙工房の収支報告、それと予算案よ」

「もうできたんだ」

「急いでやったの！」

「ありがとう」

「別にいいわよ、仕事だし」

クロノ様が優しい声で言い、あたしはそっぽを向いた。しばらくして紙の擦《こす》れる音が響く。クロノ様が報告書を捲《めく》ったのだろう。いつまでもそっぽを向いている訳にもいかず、隣から報告書を覗き込む。どうやら収入報告書を読んでいるようだ。

「まず税収なんだけど、エラキス侯爵《こうしゃく》領が金貨七万七百五十枚よ」

「かなり増えたね」

「奴隷《どれい》売買の分よ」

「……」

あたしが顔を顰《しか》めて言うと、クロノ様は押《お》し黙った。

「で、カド伯爵《はくしゃく》領の税収が金貨五千枚。これは港の使用料や地代を含《ふく》めた金額ね」

「こっちは随分《ずいぶん》少ないね」

「仕方がないわよ。カド伯爵領の面積はエラキス侯爵領の三分の一くらいだし、そもそも税収が見込《みこ》める土地だったらクロノ様に下賜《かし》されてないわ」

「そうだよね」

クロノ様は溜息交じりに言った。

「つまり、税収は金貨七万五千七百五十枚ね。これに繰越金《くりこしきん》が加わるんだけど――」

「いくらだったっけ？」

「収支報告書を提出したじゃない」

「金貨四万六千枚ちょっとだったのは覚えてるんだけど、そこまで正確な数字は……」

「金貨四万六千二百五十枚よ」

クロノ様が言い訳がましく言い、あたしは溜息交じりに金額を口にした。

「念のために言っておくけど、その内の三万九千枚は兵士のだから」

「ちゃんと覚えてるから心配しないでいいよ。それにしても全然減らないね」

「全然お金を取りに来ないんだもの。減る訳ないわよ」

折角、帳簿《ちょうぼ》を作ったのにお金を取りに来たのは軍を退役《たいえき》する兵士だけだ。

「お給料は？」

「そっちはちょくちょく取りに来るわ。それで、提案なんだけど——」

「兵士の給与《きゅうよ》は別に保管した方がいいね。できる？」

「やるわよ」

言葉を遮られたこともあって、あたしはちょっとだけムッとして言い返した。

「兵士の給与を分けた場合、来年度の予算は——」

「金貨八万三千枚ね」

「計算が速いね」

「これが本職だもの」

ふん、とあたしは鼻を鳴らした。カリカリと音が響く。視線を落とすと、クロノ様が収入報告書にさっきあたしが言った数字を書き込んでいた。数字を書き換《か》え、今度は予算案を手に取る。

「あたしが書くわ」

「いいの？」

「自分で書いた方が手間が掛からないもの」

そう言って、あたしは羽根ペンを手に取って数字を書き換えた。羽根ペンを置いてクロノ様に予算案を手渡《てわた》す。

「差引額がぐくっと減ったね」

「元々、クロノ様が好きにしていいお金じゃないでしょ」

「そうなんだけど、大きい金額を見ると安心するというか」

クロノ様がごにょごにょと呟く。

「そんなに大きい金額が見たいなら支出を減らせばいいじゃない」

「それはちょっと……。超長距離《ちょうちょうきょり》通信用マジックアイテムを作りたいし、エラキス侯爵領とカド伯爵領を結ぶ街道《かいどう》を整備したいし、代官所だって――」

「はいはい、色々やりたいことがあるんでしょ」

あたしはクロノ様の言葉を遮り、紙工房の収支報告書を手元に移動させた。

「最後に紙工房だけど、こっちは順調よ。月によって多少の誤差はあるけど、ピクス商会に月十一万枚卸《おろ》して、売り上げは金貨五十五枚、人件費を差し引くと金貨三十三枚ね。年だと金貨三百九十六枚の利益よ。この分だと来年には投資額を回収できるわ」

「よかった」

そう言って、クロノ様はイスの背もたれに寄り掛かった。まあ、安心してるのは今だけで夜にでも報告書を読み返すんだろうけど。さてと、とクロノ様が立ち上がった。突然《とつぜん》の出来事だったのでびくっとしてしまう。

「急に立ち上がってどうしたのよ？」

「徴税も一段落したし、ちょっと街に出ようと思って」

「そ、好きにすれば」

「エレナも来る？」

「どうして、あたしが……」

付いてかなくちゃいけないのよ、と言いかけて口を噤《つぐ》む。運動不足を痛感したことを思い出したからだ。

「仕方がないわね。行ってあげる。けど——」

「分かってる。サボりだって思われないようにシッターさんに伝えるよ」

「じゃ、先に玄関《げんかん》で待ってるわ」

そう言い残してあたしは歩き出した。

※

クロノ様が領主になって一年半、ようやく庶民《しょみん》にも金が回り始めたのだろう。久しぶりに訪《おとず》れた商業区は以前に比べて通行人の数が増えていた。そんなことを考えながら歩いていると——。

「大丈夫？」

「……」

クロノ様が心配そうに声を掛《か》けてきた。けど、あたしは答えられない。久しぶりに運動したせいで息が上がっている。臑《すね》も痛い。呼吸を整え——。

「あたしに合わせてくれると嬉《うれ》しいわ」

「分かったよ」

恥《はじ》を忍《しの》んでお願いする。すると、クロノ様は歩調を落としてくれた。

「流石《さすが》、軍人だけあって体力があるわね」

「エレナが体力なさすぎなんだよ」

「ぐッ、仕方がないじゃない。ずっと執務室に引き籠もって仕事してたんだから。クロノ様が事務官を雇《やと》ってくれればあたしだって……」

あたしはムッとして言い返した。クロノ様がもっと事務官を雇っていても運動しなかっただろうな～と思う。でも、それを認めるのが癪《しゃく》で負《ま》け惜《お》しみを口にしてしまう。

「事務官か」

「大体、十人かそこらで仕事を回そうってのが無理な話なのよ。ただでさえ一杯《いっぱい》一杯《いっぱい》なのに代官所なんて作ったら……」

最悪の未来――事務官が過労で次々と倒《たお》れる光景を想像してあたしは身震《みぶる》いした。洒落《しゃれ》にならない。今更《いまさら》だけど、代官所を作るって話が出た時に反対すればよかった。

「一応、事務官を増員する予定はあるんだよ」

「予定は未定とか言わないでしょうね？」

「言わないよ」

「そう、よかった」

あたしは胸を撫《な》で下ろした。

「でも、どうやって集めたのよ？」

「父さんというか、オルトが集めてくれたんだよ」

「オルト？」

「うちの家令」

あたしが鸚鵡返しに呟くと、クロノ様は短く答えた。

「その人も傭兵《ようへい》だったの？」

「父さんの傭兵団で参謀《さんぼう》を務めてたらしいよ」

「そのオルトって人のことは分かったわ。でも、集めた人は信用できるの？」

「訳ありらしいけど――」

「駄目《だめ》じゃない」

「オルトは本人のせいじゃないって言ってたし、人物の見極《みきわ》めも済んでるって」

「何処《どこ》まで信用できるんだか」

あたしは小さく溜息《ためいき》を吐《つ》いた。けど、このままでは最悪の未来が待っている。可能性がある方に賭《か》けるしかないのだ。

「ところで、何処に行くつもりなの？」

「エレインさんの所だよ」

「騙《だま》したわね！」

「騙してないよ」

ぐッ、とあたしは呻《うめ》いた。そりゃ、確かにクロノ様は何処に行くか言ってなかった。けど、エレインと仲が悪いことを知ってるんだから騙した範疇《はんちゅう》に含まれると思う。

「……帰る」

「もう着いたよ」

踵《きびす》を返そうとするけど、できなかった。クロノ様に手を掴《つか》まれたのだ。振《ふ》り解くことはできないし、痴話喧嘩《ちわげんか》じみた遣《や》り取《と》りもしたくない。のこのこ付いてきた時点で詰《つ》んでいるのだ。話さず、目を合わさず、何とかしてやりすごそう。そんな諦めにも似た思いを抱《いだ》いて溜息を吐く。

「行こうか」

「……嫌だって言っても聞いてくれないんでしょ」

クロノ様は何も言わずに歩き出した。扉を開けると、ドアチャイムの音が響き、女性店員が駆《か》け寄ってきた。

「シナー貿易組合二号店へお越《こ》し下さりありがとうございます。本日はどのようなご用件でしょうか？」

「エレインさんはいらっしゃいますか？」

「……どうぞ、こちらへ」

女性店員が踵を返して歩き出し、あたし達はその後に続く。店の奥《おく》にある扉を潜《くぐ》り、通路を数メートル進んだ所で立ち止まる。女性店員が扉を開けると、その向こうにあったのは応接室だった。

「こちらでお待ち下さい」

「ありがとうございます」

クロノ様が礼を言って応接室に入り、あたしも中に入って扉を閉める。振り返ると、クロノ様はもうソファーに座っていた。

「座ったら？」

「……言われなくても座るわよ」

少しだけ悩《なや》んだ末にクロノ様の隣に座る。

「そういえば徴税が終わったね」

「ええ、そうね」

どうしてそんなことを言うのだろう？　とあたしは内心首を傾《かし》げた。そこで、はたと気付く。クロノ様はいつ枕《まくら》を取りに来るのか聞きたいのだと。こんな所で聞くなんてどうかしてる。イラッとする。感情に任せて『今夜よ！』と口走りそうになったその時、ガチャという音が響いた。音のした方——扉を見ようとは思わなかった。エレインがやって来たに決まっているからだ。案の定、エレインがクロノの対面のソファーに座る。

「忙しい所、すみません」

「いいのよ。でも、次からは連絡《れんらく》を頂戴《ちょうだい》。いつもここにいるとは限らないし、ちゃんとおめかししてクロノ様をお迎《むか》えしたいから」

「次からはそうします」

あら？　とエレインがわざとらしく声を上げた。

「いたのね」

「あたしがここにいちゃいけないの？」

「いいえ、お客様ならそれが奴隷であっても歓迎《かんげい》するわ」

「――ッ！」

嫌みったらしい口調に頭の中が真っ白になる。気が付くと、あたしはエレインを正面から睨《にら》み付けていた。エレインはくすっと笑い、クロノ様に視線を向けた。

「今日はその娘《むすめ》の服でも買いに来たの？」

「まあ、買ってもいいんだけど――」

「嫌よ！」

あたしがクロノ様の言葉を遮ると、エレインは拗ねたように唇《くちびる》を尖《とが》らせた。

「ひどいことを言うのね。うちで売っている服は皇女殿下《でんか》が袖《そで》を通して下さるくらい上質な品なのよ」

「それは認めるわ」

あら？　とエレインは意外そうな表情を浮《う》かべた。

「どういう風の吹《ふ》き回しかしら？」

「あたしにだって、いいものをいいと認める度量はあるわよ」

エレインから視線を逸《そ》らして答える。それに、個人の感情で他人の仕事を貶《おとし》めたくないという気持ちもある。

「なら、どうしてうちで服を買うのが嫌なの？」

「……アンタが嫌なの」

「そう、だったら私がいない時にいらっしゃい」

「ええ、そうさせてもらうわ」

エレインがくすっと笑う。馬鹿《ばか》にされて全身がカッと熱くなる。でも、今度は我慢《がまん》することができた。そのまま視線を逸らし続ける。

「服を買いに来たんじゃないとすると……」

「実は教養のある女性を紹介《しょうかい》して――」

「ちょっと！」

あたしはクロノ様の方を向いて叫《さけ》んだ。

「いくら事務官が足りないからってこの女の部下を雇うつもり!?」

「また職業差別をするなら受けて立つわよ？」

「違《ちが》うわよ！」

エレインがムッとしたように言い、あたしは声を荒《あら》らげた。

「この女の部下なんて雇ったら情報を盗《ぬす》まれちゃうじゃない！」

「エレナ、落ち着いて」

「これが——」

落ち着いていられる訳ないでしょ！　と言おうとしたけど、できなかった。クロノ様が目を細めたのだ。悪寒《おかん》が背筋を這《は》い上がり、ソファーに座り直す。

「エレナが失礼しました」

「いいのよ。でも、どうして今になって？」

「ワイズマン先生が大変そうなので」

ああ、とエレインが納得《なっとく》したと言わんばかりに声を上げた。どうして、内部事情を知っているのか気になったけど、窘《たしな》められたばかりだ。口にはしない。

「よく分かったわ。それで、何人紹介すればいいの？」

「取り敢《あ》えず、二人お願いしたいんですが……。細かな条件はシッターさんと相談して欲《ほ》しいな～と」

「あの人、人間的には嫌《きら》いじゃないんだけど、苦手なのよねぇ」

「だから、事務官の纏《まと》め役《やく》なんですよ」

　エレインがぼやくように言い、クロノ様は苦笑《くしょう》じみた笑《え》みを浮かべた。

「できればもっと大勢雇って欲しいんだけど……」

「話が纏まって、問題がなければ次のオファーを出します」

「言質《げんち》取ったわよ？」

「ええ、そう思って頂いて結構です。何なら一筆書きますよ？」

「そこまではしなくていいわ」

　クロノが問い返すと、エレインはあっさり引いた。

「他に用事は？」

「そうですね」

　クロノ様は思案するように腕を組み、あッ！　と声を上げた。

「叙爵式《じょしゃくしき》をやろうと思っているんですけど、楽器を演奏してくれる人に心当たりってありますか？」

「もちろんあるわ。うちのお店は最高の音楽も提供しているもの」

エレインは即答《そくとう》した。記憶《きおく》を漁《あさ》ってみるけど、エレインの店——娼館に音楽が流れていた記憶はない。けど、即答するくらいだし、心当たりがあるのだろう。

「じゃ、お願いします」

そう言って、クロノ様が立ち上がり、あたしも慌《あわ》てて立ち上がった。

「ゆっくりしていけばいいのに」

「次の予定がありますから」

「なら仕方がないわね」

エレインは肩《かた》を竦《すく》めて立ち上がった。

「見送りは結構です」

「そういう訳にはいかないわよ」

クロノ様の言葉にエレインは困ったような表情を浮かべた。

※

クロノ様はシナー貿易組合二号店から出ると居住区に向かって歩き出した。しばらくは順調に歩いていたんだけど、また臑が痛くなってきた。

「大丈夫？」

「大丈夫よ」

クロノ様が心配そうに声を掛けてくる。でも、あたしは意地を張った。臑の痛みを堪《こら》えて歩き、露店《ろてん》の立ち並ぶ広場に出る。昼過ぎにもかかわらず人が多い。

「寄ってく？」

「別にいいわよ。さっさと次の――」

ぐぅ～という音があたしの言葉を遮《さえぎ》る。頬《ほお》が一気に熱を帯びる。よりにもよってこんな時にお腹《なか》が鳴らなくてもと思う。

「寄ってこうか？」

「寄らなくてもいいわよ」

そう言った直後、ぐぅ～という音がまた鳴った。

「ちょっと待っててね」

「うう……」

クロノ様が露店に向かい、あたしは恥《は》ずかしさのあまり俯いた。フェイがあたしの昼食を食べなければこんな恥ずかしい思いをしなくて済んだのに――。そんなことを考えていると、クロノ様が戻《もど》ってきた。

「お待たせ。はい、どうぞ」

「……ありがと」

クロノ様が串《くし》に刺《さ》さったソーセージを差し出し、あたしは礼を言って受け取った。頬張《ほおば》ると、パリッという小気味よい音と共に皮が破れ、肉汁《にくじゅう》が溢《あふ》れ出す。料理と呼ぶにはあまりにも雑だけど、空腹のせいか美味《おい》しく感じられた。あっという間に食べ終わり、きょろきょろと周囲を見回す。

「捨ててくるよ」

「ありがと」

あたしが串を渡《わた》すと、クロノ様は近くにあったゴミ箱に向かった。串を捨ててすぐに戻ってくる。その時――。

「クロノじゃないか」

ティリア皇女の声が響《ひび》いた。声のした方を見ると、ティリア皇女が歩み寄ってくる所だった。やや遅《おく》れてアリデッドとデネブが付いてくる。護衛かと思ったけど、二人ともぐったりしているので違うようだ。

「お前も露店の視察か？」

「僕は偶々《たまたま》寄っただけだよ」

「……なんだ、そうなのか」

ティリア皇女は残念そうに言った。夜伽《よとぎ》でひどい目に遭《あ》っているはずなのに——。本当にクロノ様を好きなのだろう。

「ところで、どうしてアリデッドとデネブが一緒《いっしょ》にいるの？」

「お前と一緒だ。偶々——」

「逃《に》げたあたしらを捕《つか》まえといて、偶々とは何ですかみたいな！」

「非番が！　折角の非番がまたしても失われていくし！」

ティリア皇女は最後まで言葉を口にすることができなかった。アリデッドとデネブが飛び出して叫んだのだ。折角の非番を潰《つぶ》されたことには同情するけど——。

「そんなに嫌《いや》なら逃げればいいじゃない」

「何度も逃げようとしたし！」

「そのたびに捕まったみたいな！」

あたしが呆《あき》れて言うと、アリデッドとデネブが詰め寄って叫んだ。

「「あッ！」」

「な、何よ？」

アリデッドとデネブが声を上げ、あたしは思わず後退《あとずさ》った。すると、二人は詰め寄ってきて体を左右に揺《ゆ》らしたり、しゃがんだり、立ち上がったりした。

「「肉汁が付いてるし！」」

「――ッ！」

アリデッドとデネブが叫び、反射的に手の甲《こう》で口元を拭《ぬぐ》う。何か言われるかと思ったけど、二人は回れ右してティリア皇女に詰め寄り――。

「「あれが理由だし！」」

「あれが理由と言われても分からん。もっと具体的に言え」

あたしを指差した。何のことかさっぱり分からない。それはティリア皇女も同じだったらしく訝《いぶか》しげに眉根《まゆね》を寄せている。

「経理担当の唇に肉汁が付いてるし！」

「きっと、クロノ様に奢《おご》ってもらったみたいな！」

「だから、何を言いたいんだ？」

「「……」」

ティリア皇女が苛々《いらいら》した口調で言うと、アリデッドとデネブは無言で顔を見合わせた。

「姫様《ひめさま》、あたしらは非番の日に連れ回されることをとても不満に感じてますみたいな」

「でもでも、クロノ様にならら非番の日に連れ回されてもＯＫだと感じてますみたいな」

ふむ、とティリア皇女は頷《うなず》いた。

「「どうしてだと思いますかみたいな？」」

「いいから結論を言え」

ティリア皇女が先を促《うなが》すと、アリデッドとデネブはバッと跳《と》び退《すさ》った。あたしの肩を馴《な》れ馴れしく抱《だ》き、口元を指差す。

「姫様には飴《あめ》が足りませんみたいな！　これでは不満が募《つの》る一方ですみたいな！」

「クロノ様のようにちゃんと露店で奢って下さいみたいな！」

「お前達《たち》の気持ちは分かった」

「「おおッ！　分かってもらえましたかみたいなッ！」」

ティリア皇女が神妙《しんみよう》な面持《おもも》ちで頷くと、アリデッドとデネブは嬉しそうに手を打ち鳴らした。自分達の言い分が受け入れられたと考えたのだろう。警戒心《けいかいしん》の欠片《かけら》も感じられない足取りでティリア皇女に歩み寄る。

「だが、断る！」

「「暴君ッ！」」

ティリア皇女がきっぱりと言うと、アリデッドとデネブは足を止めて叫んだ。

「誰《だれ》が暴君だ！」

「姫様しかいないし！」

「クロノ様、助けてみたいな！」

ティリア皇女が声を荒らげ、アリデッドとデネブはクロノ様の陰《かげ》に隠《かく》れた。

「大体、お前達はクロノに甘《あま》えすぎだ。この間もボヤ騒《さわ》ぎを――」

「あれは姫様のせいだし！」

「そうだし！　姫様が花瓶《かびん》を投げつけてきたせいだし！」

「夜更《よふ》けに騒いでいるのが悪い」

ティリア皇女はぴしゃりと言った。

「でも、折角の非番なんだし……」

「クロノ様、もっと言って欲しいみたいな！」

「そうだし！　あたしらを守って欲しいし！」

クロノ様が弱々しく反論すると、アリデッドとデネブが囃《はや》し立てた。

「クロノ、お前がいくら庇《かば》ってもその二人は反省しないぞ」

「そんなことないし！」

「あたしらは超反省《ちょうはんせい》してるし！」

ティリア皇女が溜息交じりに言うと、アリデッドとデネブはクロノ様の陰から顔を出して叫んだ。だが、ティリア皇女に睨まれるとすぐに隠れてしまう。

「いいか？　その二人はこの前も酒を盗んで罰《ばつ》を受けた。にもかかわらず性懲《しょうこ》りもなく酒を盗んでいる。反省していない証拠《しょうこ》だ。反省していないどころか、この程度の罰で済むなら問題ないと考えている可能性すらある」

「い、いや、そ、そんなことないし」

「そ、そうだし。とんだ言いがかりだし」

アリデッドとデネブが反論する。だが、図星だったのだろう。声が上擦《うわず》っている。

「だから、私が罰を与《あた》えているんだ」

「「クロノ様！　反論反論ッ！」」

アリデッドとデネブがバシバシと叩《たた》くが、クロノ様は言い返さない。う～ん、と唸《うな》っている。一理あると思ってそうだ。

「じゃあ――」

「「――ッ！」」

クロノ様が口を開くと、アリデッドとデネブが跳び退った。そして――。

「「撤退《てったい》ッ！」」

「逃がすか！」

踵を返して逃げ出し、ティリア皇女が後を追った。三人の姿が見えなくなり――。

「行こうか？」

「そうね」

あたし達は再び歩き出した。露店の立ち並ぶ広場を横切り、居住区に入る。すぐに救貧《きゅうひん》院《いん》が見えてきた。救貧院の入り口に設けられた受付には誰もいない。休憩《きゅうけい》をしているか、別の仕事をしているのだろう。

クロノ様が救貧院に入り、あたしも後に続く。すると――。

「エラキス侯爵、ようこそお出で下さりました」

女が近づいてきた。初めて見る顔だけど、神官服《しんかんふく》を着ていることから黄土《おうど》神殿《しんでん》の関係者だと分かる。

「シオンさんは？」

「神官長《しんかんちょう》様なら執務《しつむ》室《しつ》にいらっしゃいます。よろしければご案内しますが？」

「いえ、場所は分かってるので」

「そうですか」

女性神官が脇《わき》に退くと、クロノ様は会釈《えしゃく》をして歩き出した。もちろん、あたしも後に続く。ホールの奥にある階段を登り、長い廊下《ろうか》を抜《ぬ》け、突《つ》き当たりにある扉《とびら》の前で立ち止まる。トントンと扉を叩く。ややあって――。

「ど、どうぞ！」

シオンの声が響いた。執務室の扉を開ける。シオンは机に向かっていたが、クロノ様の姿を見るなり立ち上がった。

「クロノ様、いらっしゃいませ。どうぞ、ソファーに」

「それじゃ、失礼して」

シオンが手の平でソファーを指し示すと、クロノ様はソファーに歩み寄って腰《こし》を下ろした。あたしは本棚《ほんだな》に視線を向ける。前に来た時より本が増えたような気がする。気になったけど、付《つ》き添《そ》いで来ているんだからと自分に言い聞かせてクロノ様の隣《となり》に座《すわ》る。シオンはといえば部屋の隅《すみ》で何かしている。しばらくして木製のトレイを持ってこちらにやってきた。どうぞ、とあたし達の前にカップを置き、クロノ様の対面の席に座る。前にあたしが一人で来た時は香茶《こうちゃ》を淹《い》れてくれなかったのにと思わないでもない。

「本日はどのようなご用件でしょうか？」

「叙爵式のお誘《さそ》いと近況確認《きんきょうかくにん》に」

「叙爵式ですか？」

「叙爵式をやることにしたからシオンさんも参加してもらえないかなって」

「私でよければ喜んで」

意外にもシオンは即答した。性格から考えて悩む素振《そぶ》りくらいは見せると思ったんだけど。シオンは手を合わせ、恥ずかしそうに頬を赤らめる。

「当日はどんな服を着ていけば……」

「平服でＯＫだよ」

「……そうですか」

クロノ様の言葉にシオンは明らかに落胆《らくたん》した様子で言った。もしかして、お洒落《しゃれ》をしたかったんだろうか。神官のくせにと思わないでもないけど、シオンも年頃《としごろ》だもんね。仕方がない。あたしは肘《ひじ》でクロノ様を突《つつ》いた。何？　とクロノ様が視線を向けてくる。

「あたしも叙爵式に参加していい？」

「いいよ」

「新しいドレスを買って欲しいんだけど……」

ああ、とクロノ様の顔に理解の色が浮かぶ。

「分かった。ドレスを用意するよ。シオンさんもそれでいい？」

「いいんですか？」

「うん、僕《ぼく》から誘った訳だし」

「ありがとうございます」

シオンが喜色を滲《にじ》ませて言い、あたしは深々と溜息を吐いた。それで、とクロノ様が身を乗り出す。仕事の話になると察したのだろう。シオンが居住まいを正す。

「救貧院の様子はどう？」

「……」

クロノ様が問いかける。だが、シオンは思い詰《つ》めたような表情で黙《だま》り込《こ》んでいる。

「何かあったの？」

「い、いえ！」

クロノ様が真剣《しんけん》な表情を浮かべて身を乗り出す。すると、シオンは慌てふためいた様子で両手を振った。何もないならどうしてそんなに慌てているのだろう。

「実は――最近、退院する方が増えています」

「退院理由は？」

「自分で家を借りたそうです」

「……」

今度はクロノ様が黙り込む番だった。あたしは深い溜息を吐いた。シオンがハッとしたようにあたしを見る。クロノ様が説明すべきだと思ったけど、目が合ってしまったものは仕方がない。ちょっとだけうんざりした気分で口を開く。

「いいことじゃない」

「そうでしょうか」

「当たり前でしょ。救貧院の目的は生活困窮者《こんきゅうしゃ》の保護と生活の立て直しだもの。むしろ、退院者が増えてくれないと困るわ」

「あ、そうですね」

シオンは今気付いたというように声を上げ、しょぼんと俯《うつむ》いた。何だろう。この違和感《いわかん》は。ん？　もしかして――。

「アンタ、入院者が減ったら予算を減らされるって考えてない？」

「い、いえ、そんなことは……」

そう言って、シオンは視線を逸らした。

「神官がお金のことを第一に考えるなんて世も末ね」

「……私だってお金のことなんて考えたくないです。でも、入院者だけじゃなくて職員のこともあるんだから仕方がないじゃないですか」

ごにょごにょと言うシオンにイラッとする。ったく、言いたいことがあるならはっきり言えばいいのに。

「まあまあ、シオンさんは院長なんだからお金のことを心配するのは仕方がないって」

「そりゃ、そうだけど……」

クロノ様が割って入り、あたしは矛《ほこ》を収めた。シオンさん、とクロノ様が呼びかけると、彼女《かのじょ》は再び居住まいを正した。

「予算は減らさないから安心して」

「はい、ありがとうございます」

シオンはホッと息を吐くと頭を下げた。

「ビートの方はどう？」

「再来週には収穫《しゅうかく》を始められると思います」

「どれくらい砂糖が取れそう？」

「えっと、ハシェルの畑は神殿《しんでん》の五十倍くらい面積がありますから……。確か神殿の畑で収穫したビートから五十キロの――」

「二千五百キロ、要するに二・五トンね」

「砂糖が一キロ金貨一枚だから金貨二千五百枚か」

あたしがシオンの言葉を遮って言うと、クロノ様はいやらしい笑みを浮かべた。

「もっと増産できないかな～」

「ハシェルの畑は救貧院の入院者や元入院者で管理しているので難しいです。それに、新しい作物を育てるとなると反発が……」

「じゃ、仕方がないね」

もう少し粘《ねば》ると思ったけど、クロノ様はあっさりと引いた。そういえば、と続ける。

「新しい神官さん達はどう？」

「は、はい、まだ距離《きょより》感が掴めないですけど、仕事も真面目《まじめ》にこなしてくれてますし、上《う》手《ま》くやれてると思います」

「あとクローバーは……。って、成果が出るのは来年か」

「あ、そのことで報告が……」

クロノ様が自分に突っ込むと、シオンがおずおずと手を挙げた。

「何か問題が？」

「いえ、問題ほどでは……」

シオンは顔を伏《ふ》せ、もじもじしている。彼女の態度にイラッとする。問題がないんだったらとっとと報告して欲しい。しばらくして――。

「実は……。牛の成長が早くなったみたいで。あとお乳《ちち》の出もよくなったと」

「お乳の出が……」

「はい、お乳の出が……」

クロノ様が神妙な面持ちで言い、シオンも神妙な面持ちで言う。多分、二人の思考は噛《か》み合ってない。

「でも、家畜《かちく》の成長が早くなったんならいいんじゃない？」

「……そうでしょうか」

シオンは不安そうだ。もっと楽観的に考えればいいのにと思うけど、黄土神殿——農業に関《かか》わる者としてはこれが普通《ふつう》なのだろう。

「問題があれば僕が責任を取るからシオンさんは検証をお願い」

「……はい、ありがとうございます」

クロノ様が優《やさ》しく言うと、シオンは明らかにホッとした様子で頷いた。

「最後に寄付金についてなんだけど……」

「は、はい」

クロノ様が切り出すと、シオンは居住まいを正した。

「実は開拓《かいたく》の件もあるから増額しようと思ってて……」

「あ、ありがとうございます」

クロノ様が身を乗り出して手招きすると、シオンは耳を寄せた。クロノ様の口が小さく動き、シオンは小さく息を呑《の》んだ。いや、凍《こお》り付いた。当然か。去年の倍以上の額を提示されたのだ。凍り付きもする。それだけ無茶《む》振《ちゃぶ》りするという宣言でもあるんだけど、果たして気付いていているだろうか。

※

夜──あたしは木の棒を持って部屋を出た。ちなみに棒の長さはあたしの身長を超《こ》えるくらい、太さは親指と人差し指で作った輪くらいある。薄暗《うすぐら》い廊下を進み、クロノ様の部屋の前で立ち止まる。

扉の隙間《すきま》から明かりが漏《も》れていることからクロノ様がまだ起きていると分かる。胸に手を当て、深呼吸を繰《く》り返す。久しぶりの夜伽のせいか、ちょっとドキドキする。とはいえ、いつまでも扉の前で突っ立っている訳にもいかない。意を決して扉を開くが、クロノ様の姿はなかった。

トイレにでも行ったのだろうか。視線を巡《めぐ》らせると、机の上に卓上《たくじょう》ベルのようなものが置いてあった。それでピンときた。扉を閉め、棒の端《はし》を掴む。そして、ぐるぐると回転しながら移動する。自分でも馬鹿なことをしてると思うけど――。

「痛ッ！」

手に衝撃《しょうげき》が走り、声が上がった。クロノ様の声だ。あたしは棒を握《にぎ》り直し、声がした場所に振り下ろした。バシッという音が響く。さらに棒を何度か振り下ろすと、ぐにゃりと空間が歪《ゆが》んだ。徐々《じょじょ》にその中心にいた人物――クロノ様の姿が明らかになる。思った通り、魔術《まじゅつ》で姿を消していたのだ。

「ひどいよ」

「クロノ様が変なことをしようとするからじゃない」

クロノ様が頭を撫《な》でさすりながら抗議《こうぎ》をするけど、あたしは取り合わなかった。壁《かべ》に木の棒を立て掛《か》け、ベッドに向かう。その途中《とちゅう》で足を止め、机の上を見る。すると、そこには今日渡した報告書があった。直前まで仕事をしていたことが分かって、ちょっとだけ悪いことをしたかもという気持ちが湧《わ》き上がる。本当にちょっとだけだけど。

ふん、と鼻を鳴らしてベッドに腰を下ろす。しばらくしてクロノ様がいそいそとやって来て、あたしの隣に座った。

「どうして、僕の場所が分かったの？」

「場所なんて分からないわよ」

「そうなの？」

「そうよ。だから、棒を持ってぐるぐる回ったの」

「そんな簡単な方法で……」

そう言って、クロノ様は顔を顰《しか》めた。

「クロノ様こそ、どうしてあたしが来るって分かったのよ？」

「廊下にセンサーを仕掛《しか》けたんだよ」

「センサー？」

あたしは鸚鵡《おうむ》返しに呟《つぶや》いた。

「センサーの前を横切ると、机の上にあるベルが鳴る仕組みなんだ」

「それって、何かの役に立つの？」

「鳴子《なるこ》の代わりになるんじゃないかな？」

あたしが尋《たず》ねると、クロノ様は首を傾げた。なるほど、よく分かった。今日のために作らせただけで他の用途《ようと》は考えてなかったみたいだ。思わず溜息《ためいき》が出る。でも、こういう無《む》駄《だ》な所にお金を使う人がいるから技術が発展するんだろうなとも思う。そんなことを考えていると、クロノ様が躙《にじ》り寄ってきた。ぺたぺたと体に触《ふ》れてくる。ちょっと違和感を覚えた。何か普通だ。果たして、クロノ様がこんな普通にするだろうか。いや、普通にするはずがない。

「今日はいつもと違うわね？」

「……そうだね」

クロノ様はやや間を置いて頷いた。ますますおかしい。これは——特別なお願い事があるに違いない。噂《うわさ》になっているメイド服を着て欲しいとか、胸でご奉仕《ほうし》して欲しいとかそんな感じだろう。できるかしら？　とあたしは自分の胸を見下ろし、左右から押《お》し上げてみた。ちょっと挟《はさ》むのは無理っぽい。

「どうかしたの？」

「べ、別に何でもないわよ」

クロノ様に問いかけられ、あたしはそっぽを向いた。その間もクロノ様はあたしの体に触れている。久しぶりということもあって体が反応してしまう。

「クロノ様こそ、あたしに何かして欲しいんじゃないの？」

「うん、そのことなんだけど……。前でお願いしたいんだけど、いいかな？」

「——ッ！」

クロノ様が口籠《くちご》もりつつ希望を口にし、あたしは息を呑んだ。ついにこの日が来たと思った。まあ、でも、クロノ様も健全な男な訳だし、手とか、口とか、お尻《しり》で我慢できなくなっても仕方がない。

「駄目《だめ》かな？」

「い、いいわよ」

「本当に？」

「え、ええ、興味がない訳じゃないし」

あたしはごにょごにょと言った。恥ずかしい。きっと、耳まで真っ赤だ。恥ずかしがっている所を見られたくなくてベッドに上がり、仰向《あおむ》けに寝転《ねころ》ぶ。ああ、ここで花を散らされるのね。そう考えただけで体の芯《しん》が熱くなる。クロノ様がベッドに上がり——。

「腰を上げて」

「腰？」

何のことか分からなかったけど、あたしは両脚《りょうあし》を突っ張って腰を上げた。すかさずクロノ様が枕《まくら》を腰の下に置く。

「なんで、枕を置くのよ？」

「角度調整？」

「角度？」

なんで、角度調整？　って思ったけど、そういうものなんだろうと思って納得した。お尻では愛し合ったけど、普通に愛し合うのは初めてだし。冷たい空気が触れ、ぶるりと身を震《ふる》わせる。クロノ様がショーツを下ろしたのだ。

「失礼します」

「わざわざ言わなくてもいいわよ！」

声を荒らげるけど、クロノ様は何処《どこ》吹《ふ》く風《かぜ》だ。脚《あし》の間に体を滑《すべ》り混ませる。いや、脚を押し広げられたというべきか。そんなに信心深い方じゃないけど、心の中で純白にして秩序を司《つかさど》る神に謝罪する。

「いい？」

「い、いいわよ」

「じゃあ、遠慮《えんりょ》なく」

「ちょ、ちょっと！」

あたしは抗議の声を上げた。けど、クロノ様は止まらなかった。そのまま自身をあたしに突き立てる。

「け、結局、いつもと変わらないじゃない！」

「いつもと変わらないって……。いつもと違って前からしてるよ？」

ぐッ、とあたしは呻《うめ》いた。まさか、こっちの方だとは思わなかった。

「もしかして——」

「な、何でもないわよ！　さっさと動いたらッ！」

うん、とクロノ様は静かに頷いた。直後、ズンッと衝撃が突き上げた。

「ちょ、待って待って！」

「何？」

「衝撃がすごいんだけど……」

あたしの言葉にクロノ様はニヤリと笑った。嫌な予感がした。ズンズンッと衝撃が突き上げてくる。いつもと違う衝撃に頭がくらくらする。

「お願い！　待ってッ！」

え〜、とクロノ様は不満そうな声を上げた。でも、話を聞くくらいの余裕《よゆう》はあるのだろう。すぐに動きを止めてくれた。

「お願い。もっとゆっくり動いて。そうじゃないとお尻が開きっぱなしになっちゃう」

「……」

懇願《こんがん》したけど、クロノ様は無言だ。無言で邪悪《じゃあく》な笑みを浮《う》かべている。

「……もう一回」

「え？　もう一回？　お願い。もっとゆっくり動いて？」

クロノ様が人差し指を立て、あたしは困惑《こんわく》しながらさっき口にした言葉を繰り返す。

「いや、そこじゃなくて」

「………………お尻が、開きっぱなしになっちゃう？」

あたしがごにょごにょと言うと、クロノ様は笑みを浮かべた。すごくいい笑顔《えがお》だ。全身がカッと熱くなる。自分が何を言ったのかようやく実感が追いついてきたのだ。

「馬鹿《ばか》！　なんてことを言わせるのよ！」

「エレナ、可愛《かわい》いよ。エレナ――ッ！」

「馬鹿馬鹿馬鹿《ばかばかばか》！　もっとゆっくり動いてって言ったばかりでしょ⁉　ちょ、ちょっと！　駄目！　もっとゆっくり！　元に戻らなくなっちゃうから！　お尻が開きっぱなしになっちゃう！」

あたしは大声で叫《さけ》んだけど、クロノ様はますますアグレッシブに動いた。どうやら、火に油を注いだだけだったみたい。

※

再び朝――あたしは名状しがたい痛みで我に返った。むくりと体を起こし、隣で眠《ねむ》るクロノ様を見つめる。あたしの体を好き勝手に弄《もてあそ》んでおきながら気持ちよさそうに眠っている。正直、イラッとする。枕で叩いてやろうかと思ったけど、呑気《のんき》な寝顔《ねがお》を見ている内にどうでもよくなってしまった。

は～、と溜息を吐《つ》き、自分の手を見つめる。お嬢様《じょうさま》の手とは程遠《ほどとお》い、インクで汚《よご》れた手だ。かつてのあたしならばこの手を恥じただろう。けれど、ハシェルの発展を目《ま》の当たりにした今はこの手を誇《ほこ》らしく感じる。

あたしは目線の位置まで手を上げ、悪くないわねと口元を綻《ほころ》ばせた。

幕間『イス』

深夜――。

「これで夜伽の順番は決定だ。異議はないね?」

「ありません」

「ないぞ」

「ないわよ」

「あたしもないし」

「うぐぐ、ないし」

「ないであります」

女将《おかみ》が円卓《えんたく》を見回して確認《かくにん》すると、レイラ、ティリア皇女、エレナ、アリデッド、デネブ、フェイが同意した。

「よし、これで決定だ。解散だよ、解散」

女将が解散を宣言すると、レイラ達はのそのそと動き始めた。ようやく終わった。解放感と疲労《ひろう》感から溜息を吐き、イスの背もたれに寄り掛かる。ボーッとしていると、隣に座っていたエレナが声を掛けてきた。

「お疲《つか》れ様《さま》」

「本当に疲れたよ」

体を起こして頬杖《ほおづえ》を突く。

「ったく、よくもまあ毎回毎か……」

女将は途中で口を噤《つぐ》んだ。自分の言葉に違和感を覚えたのだ。何かを見落としているような気がする。何を見落としたのだろう。

「どうかしたの？」

「今日の会議だけど……。何か変わったことはなかったかい？」

「変わったこと？」

エレナは鸚鵡返しに呟き、思案するように腕《うで》を組んだ。ややあって――。

「そういえば今日のフェイはいつになく積極的だったわ。まあ、一日目の権利を獲得《かくとく》した後は大人しくしてたけど」

「――ッ！」

女将は息を呑んだ。フェイが積極的に夜伽の権利を獲得しようとする理由に気付いたからだ。いや、思い出したというべきか。いやいや、どちらでも構わない。すぐにこの場から逃げ出さなければ。そう考えて立ち上がろうとする。だが、すでに手遅《ておく》れだった。フェイがこちらに近づいてきている。

どうする？　と自問する。だが、選択肢《せんたくし》はそう多くない。というか少ない。このまま運命を受け入れるか、最後まで足掻《あが》くかのどちらかだ。答えは考えるまでもない。最後まで足掻くのだ。立ち上がり、出口に向かう。だが、フェイに行く手を遮《さえぎ》られる。

「女将、お話があるであります！」

「あたしにゃないよ」

素《そ》っ気《け》なく返して脇を擦《す》り抜けようとするが、回り込まれてしまった。

「ちょっとだけ話を聞いて欲《ほ》しいであります」

「あたしは疲れてるんだよ」

「すぐに終わるであります」

「明日に――」

「別にいいじゃない。話くらい聞いてやりなさいよ」

「ぐッ……」

エレナに言葉を遮られ、女将は呻いた。他人事《ひとごと》だと思って勝手なことを。大体、話を聞かなくてもフェイが夜伽《よとぎ》の順番を譲《ゆず》ろうとしていることくらい分かっている。まあ、それはいい。問題はコスプレをする約束を果たしていないことだ。夜伽＝コスプレなのだ。どうすればと自問したその時──。

「どうした？　部屋に戻《もど》らないのか？」

ティリア皇女がやって来た。ぐッ、と女将は呻く。最悪だ。ティリア皇女のことだ。夜伽の話を聞けば『姫様にできることはあたしにもできると言っていたくせにまだコスプレをしていなかったのか？』と嫌《いや》みを言うに決まっている。万事休《ばんじきゅう》す。いや、話を聞かれなければ何とかなるはずだ。

「何でも──」

「女将に夜伽の順番を譲ろうとしていたのであります！」

「ぐッ……」

フェイに言葉を遮られ、女将は呻いた。呻くしかない。ほぅ、とティリア皇女が意地の悪い笑《え》みを浮かべる。

「ふむ、どうして夜伽の順番を譲ろうとしているんだ？」

「先日、女将が夜伽をする日に……」

浴室でクロノ様と愛し合ってしまったのであります、とフェイは声のトーンを落として言った。ふ〜ん、とティリア皇女は相槌《あいづち》を打ち、こちらに視線を向けた。ニヤニヤと笑っている。その表情にイラッとする。

「順番を譲ったということはまだ約束を果たしていないということだな？」

「ぐッ、そうだよ」

「そういえば今日は手を挙げていなかったな」

「だから、どうしたってんだい？」

「この前、何と言っていたかな？　ああ、そうだ。『姫様《ひめさま》にできることはあたしにだってできるんだよ』だったか？　まさかとは思うが……」

「は⁉　あたしが約束を破ろうとしていたとでも言いたいのかい？」

ティリア皇女がわざとらしく口籠もり、女将はムカッとして言い返した。

「いや、そういう訳ではないが……」

「ふん、あたしが手を挙げそびれたのは司会に専念してたからだよ。それを嫌みったらしく。人のミスをあげつらう暇《ひま》があるなら我《わ》が身《み》を省《かえり》みて欲しいもんだね」

「言ったな？」

「言ったけど、それがどうしたってんだい？」

ティリア皇女が足を踏《ふ》み出し、女将も負けじと足を踏み出した。無言で睨《にら》み合う。どれくらい睨み合っていただろう。ティリア皇女がふっと笑い、後ろに下がった。

「約束を守るつもりがあるようで安心したぞ」

「そりゃどうも！」

女将が下唇《したくちびる》を突き出して言うと、ティリア皇女は鼻で笑った。その態度にイラッとする。何か言ってやろうかと思ったが、それよりも速くティリア皇女は踵《きびす》を返した。そのまま円卓の間を出ていく。

「女将、借りは返したであります。それでは、失礼するであります」

「あたしも自分の部屋に戻るわ。お休みなさい」

「……」

女将は無言でフェイとエレナを見送った。視線を巡らせる。ティリア皇女と話している間に部屋を出て行ったのだろう。レイラ、アリデッド、デネブの姿はない。要するにここにいるのは自分だけだ。

「ああ、あたしってヤツは……」

どうして挑発《ちょうはつ》に乗っちまったんだい、と女将はその場に蹲《うずくま》った。

※

朝――女将はできあがったばかりの料理をトレイに載《の》せ、厨房《ちゅうぼう》の隅で待機しているシェイナとフィーに視線を向けた。

「料理ができたからテーブルまで運んどくれ」

「「はッ！」」

二人は威勢《いせい》よく返事をして調理台に歩み寄り、トレイを持ち上げた。女将は先頭に立ち、食堂に向かう。通路を抜け、扉を開ける。すると、クロノ、ティリア皇女、エリル、スーが席に着いて待っていた。ちなみにエリルとスーはクロノの隣、ティリア皇女は対面の席に座っている。

「「お待たせいたしました」」

シェイナとフィーがテーブルにトレイを載せ、料理を並べ始める。女将はエリルの対面の席に座って頬杖を突いた。シェイナとフィーが料理を並べ終え――。

「「「いただきます」」」

「召《め》し上がれ」

クロノ、エリル、スーが料理に手を伸《の》ばす。その様子を見ながら口元を綻ばせる。やはり、自分の天職はコックなのだろう。

「……女将？」

「ん？　何だい？」

エリルに声を掛けられ、問いかける。

「……今日の料理も美味《おい》しい」

「嬉《うれ》しいことを言ってくれるね。クロノ様とスーちゃんはどうだい？」

「美味《うま》いよ、うん、美味い」

「美味い」

クロノとスーがパンを口に運びながら頷《うなず》き、女将は苦笑《くしよう》した。美味い以外に言うことはないのかねと思ったが、悪くない気分だ。三人は美味しそうに食べてくれている。それなのに、とティリア皇女に視線を向ける。

「ん？　何だ？」

「何でもないよ、何でも」

視線に気付いたのだろう。ティリア皇女が声を掛けてくるが、女将ははぐらかした。望んだ反応が返ってこないと分かっているからだ。ティリア皇女は興味を失ったように白身魚のムニエルを切り分けて口元に運ぶ。咀嚼《そしやく》して呑み込み、ナプキンで唇《くちびる》の脂《あぶら》を拭《ふ》き取る。実に洗練された所作だ。

「……クロノ」

「何？」

　ティリア皇女が名前を呼び、クロノが手を止める。

「喜べ。今夜、女将が約束を果たしてくれるそうだぞ」

「こ、子どもの前でそういうことを言うんじゃないよ！」

「ついに女将がコスプレする決心を！」

　女将とクロノは同時に叫んだ。だが、その内容は正反対だ。思わずクロノを見る。すると、彼《かれ》は気まずそうに視線を逸《そ》らした。エリルがこちらに視線を向ける。

「……女将」

「分かってるよ。子どもじゃないってんだろ？　けどね、あたしから見たらエリルちゃんとスーちゃんはまだ子どもなんだよ。そりゃ、まあ、自然の営みだから恥《は》ずかしがる必要はないのかも知れないけど、あたしは恥ずかしいんだよ」

「…………女将の言い分は分かった」

　女将が捲《まく》し立てると、エリルはたっぷりと間を置いて頷いた。

「……年齢《ねんれい》とは相対的なもの。子どもではないと主張するのは間違《まちが》っていないにしても正しいことではなかった」

「やけに素直《すなお》だな」

エリルの言葉にティリア皇女が面白《おもしろ》くなさそうな顔をする。

「……私は子どもではない。だから、きちんと説明されれば納得《なっとく》する」

ふ～ん、とティリア皇女は興味なさそうに相槌を打ち、千切ったパンを口に放《ほう》り込んだ。

炒《い》った豆を食べるような所作だ。洗練されているとは言い難《がた》い。

「……あと皇女殿下《でんか》に欠けているものを新たに発見した」

「どうせまた母性がどうこう言うつもりだろ」

「……違《ちが》う」

ティリア皇女が面白くなさそうに言うが、エリルは小さく首を横に振《ふ》った。その時、スーが口を開いた。

「おれ、知ってる、ティリア、働く、ない」

「……それは新たな発見とは言わない」

「失礼だな、お前らは！　大体、働いていないというのなら――ッ！」

ティリア皇女は声を荒《あら》らげ、息を呑んだ。

「……私は第十一近衛騎士団《きしだん》の団長であり、エラキス侯爵《こうしゃく》のもとでマジックアイテムの研究・開発をしている」

「おれ、露店《ろてん》、やってる」

「ぐぬぬ、最近になって働き始めたくせに」

エリルとスーが自慢《じまん》げに言うと、ティリア皇女は口惜《くや》しげに呻いた。

「ティリア、そろそろ真面目に働いた方が……」

「いや、それは断固として拒否《きょひ》する」

クロノがおずおずと声を掛けるが、ティリア皇女はきっぱりと断った。

「なんで、働きたくないの？」

「どうして、お前は私を働かせようとするんだ？」

「我が領地は慢性的《まんせいてき》な人手不足です」

ティリア皇女に問い返され、クロノは伝家の宝刀を抜《ぬ》いた。だが――。

「お前が言う人手不足は事務官レベルじゃないか。適材適所とは言えん」

「……」

伝家の宝刀が空を斬《き》り、クロノは押し黙った。

「じゃあ、いつ働くの？」

「お前が領地を空けている時だ。つまり、私の適所は領主代理ということだ」

「南辺境に行った時は――」

「それはお前が私を領主代理に任命しなかったからだ」

「ぐッ……」

ティリア皇女が言葉を遮って言い、クロノは呻いた。舌戦《ぜっせん》ではクロノの敗北のようだ。

「分かったよ。じゃあ、次に僕《ぼく》が領地を空ける時はよろしく」

「うむ、任せておけ」

クロノが溜息交じりに言うと、ティリア皇女は鷹揚《おうよう》に頷いた。その時、エリルが手を挙げ、ティリア皇女は不思議そうに首を傾《かし》げた。

「何だ？」

「……まだ皇女殿下に欠けているものを伝えていない」

「分かった分かった。手短にな」

「……承知した」

ティリア皇女がうんざりしたように言い、エリルは静かに頷いた。

「……皇女殿下にはデリカシーも欠けている」

「『も』とは何だ、『も』とは！」

「……言い直す。皇女殿下には母性と勤労意欲、さらにデリカシーが欠けている」

「重ね重ね失礼だな、お前は！」

「……私は本当のことを言っている」

ティリア皇女が声を荒らげるが、エリルは何処吹く風だ。パンパン、と女将は手を打ち鳴らした。視線が集中する。

「はいはい、言い争ってないでとっとと食べちまっておくれよ。冷めたら料理が美味しくなくなるからね」

「ちッ、覚えてろ」

「……承知した。忘れないようにする」

ティリア皇女が捨て台詞《ぜりふ》を吐くが、エリルは淡々《たんたん》と応じた。やれやれ、もう少し静かに食べられないもんかね、と女将は溜息を吐いた。

※

女将は昼食の仕込《しこ》みを終えると外に出た。理由は特にない。強《し》いていえば気分転換《てんかん》だろうか。軽くストレッチをして、あることに気付く。ゴルディの工房《こうぼう》から槌《つち》を打つ音が聞こえないのだ。気になって視線を向けると、ドワーフ達《たち》が木を加工していた。

何を作っているのだろう。好奇心《こうきしん》から工房に歩み寄る。すると、ゴルディがこちらに視線を向けた。作業の邪魔《じゃま》をしてしまったかと思ったが、彼は愛嬌《あいきょう》を感じさせる笑みを浮かべて近づいてきた。

「これはいい所に来て下さりましたな」

「いい所?」

「こちらの話ですぞ」

鸚鵡返しに呟くが、はぐらかされてしまった。何となく釈然《しゃくぜん》としないというか、不安みたいなものを感じる。だが、気にしても仕方がない。

「何を作ってるんだい?」

「イスを作っているのですぞ。ちなみにあちらが試作品になりますぞ」

ゴルディは振り返り、手の平で背後を指し示した。その先——数メートル離《はな》れた所には木製のイスがあった。試作品という言葉に偽《いつわ》りはないらしく装飾《そうしょく》はない。

「随分《ずいぶん》でかいんだね?」

「まあ、特殊用途《とくしゅようと》のイスですからな」

女将はしげしげとイスを眺《なが》めた。脚が長いためお尻を載せる部分の位置が高い。さらに奥行《おくゆ》きがあり、横幅《よこはば》もある。そのくせ背もたれは短い。何とも奇妙《きみょう》なイスだった。

「座《すわ》り心地《ごこち》を試《ため》してもらえませんかな?」

「それくらいならお安いご用だよ」

女将は胸を叩《たた》き、イスに座った。

「どうですかな？」

「どうですかなも何も座り心地が悪いったらないよ」

「クッションが必要ですな」

「それだけじゃないと思うけどね」

ゴルディが神妙《しんみょう》な面持《おもも》ちで言い、女将はぼやいた。まったく、どうしてこんな欠陥品《けっかんひん》としか思えないイスを作っているのだろう。

「安定性はどうですかな？」

「作りはしっかりしてるけど……」

肘《ひじ》掛《か》けを掴《つか》み、前後に体を揺《ゆ》する。イスの脚が浮き上がるようなことはなかったが、激しく揺すったら倒《たお》れてしまうだろう。

「安定性を高めるためにアウトリガーが必要かも知れませんな」

ふ〜ん、と女将は相槌を打った。アウトリガーと言われてもさっぱり分からない。というか、余計な部品を付けるくらいなら脚を短くすればいいいんじゃないかとさえ思う。

「もういいかい？」

「結構ですぞ」

よいしょ、と女将はイスから飛び下りた。

「ご協力に感謝しますぞ」

「あたしでよけりゃいつでも付き合うよ」

「その時はお願いしますぞ」

ああ、と女将は頷き、踵を返した。玄関《げんかん》に向かい、ぶるりと身を震わせた。何だか嫌な予感がした。

※

夜――。

「あ～、いい湯だった」

女将は侯爵邸《こうしゃくてい》の廊下《ろうか》を歩きながら小さく呟いた。夜は仕事があるので一番風呂《ぶろ》のチャンスが巡ってこない。だが、その代わりにあとの人を心配せずにゆっくりと湯船に浸《つ》かることができる。最高の贅沢《ぜいたく》だ。

「あ～、いい湯だった」

もう一度、呟いて扉《とびら》の前で立ち止まる。クロノの部屋ではない。自分の部屋だ。扉を開けると、部屋は闇《やみ》に閉ざされていた。部屋に足を踏み入れ、動きを止める。気配のようなものを感じたのだ。闇を見通そうと目を細める。だが、人の姿はない。どうやら勘違《かんちが》いだったようだ。

「明かりを」

女将が呟くと、照明用マジックアイテムが点灯した。白々とした光が部屋を浮かび上がらせる。そこで、ベッドの上に服が置いてあることに気付いた。無造作に歩み寄り、服を手に取って広げる。

ぐッ、と女将は呻いた。それは白い軍服だった。ティリア皇女が以前着ていたそれとよく似ている。もっとも、生地《きじ》の手触《てざわ》りは悪いし、縫製《ほうせい》もいい加減だ。ふとティリア皇女の姿が脳裏《のうり》を掠《かす》め、軍服をベッドに叩き付ける。まさか、こんな嫌みったらしい真似《まね》をするとは思わなかった。急に約束を守るのが馬鹿らしくなる。どうして、こんなことまでされて約束を守らなければいけないのか。決めた。コスプレはなしだ。そう考えた途端《とたん》、気分が楽になる。

「明かりよ」

女将が小さく呟くと、照明用マジックアイテムが消えた。これでよし、とクロノの部屋に向かう。薄暗《うすぐら》い廊下を抜け、クロノの部屋の前で立ち止まる。まだ起きているらしく扉の隙間《すきま》から光が漏《も》れている。当然か。あれだけ嬉しそうにしていたのだ。眠ってたり、他の女を連れ込《こ》んだりしていたら蹴《け》りを入れるところだ。

「入るよ」

「待ってまし……」

女将が部屋に入る。すると、クロノは嬉しそうにイスから立ち上がり、落胆《らくたん》しているかのような表情を浮かべた。

「女将、軍服は？」

「あんなもの……」

着られるかと言おうとして口を噤む。どうして、クロノが軍服のことを知っているのか。いや、考えるまでもない。

「あれはクロノ様の仕業《しわざ》かい⁉」

「アリッサにお願いして目に見える所に置いてもらいました」

クロノがあっけらかんとした口調で言い、女将は顔を顰めた。誤解だったとはいえ、ティリア皇女に悪いことをしてしまった。いや、実際にはまだ何もしていないが——。

「それで、軍服に着替《きが》えて頂けるんでしょうか？」

「別にこのままでいいだろ」

女将は髪《かみ》を掻《か》き上げながら答えた。軍服を着ずに済ませられるのではないか。そんな期待を込めての返答だ。クロノは深々と溜息《ためいき》を吐き、ベッドサイドのテーブルに歩み寄った。引き出しから服を取り出して近づいてくる。

「こんなこともあろうかと予備の軍服を用意しておきました」

「グッ、用意周到《よういしゅうとう》だね」

「そんなに誉《ほ》めなくても」

「誉めちゃいないよ！」

クロノが照れ臭《くさ》そうに頭を掻き、女将は声を荒らげた。どうぞ、とクロノが軍服を差し出す。白い軍服だ。それも上着とスカートのセットだ。自分の部屋にあったそれより豪華《ごうか》に見えるのは気のせいではないだろう。

「どうぞ」

「分かったよ。着りゃいいんだろ」

女将は軍服を受け取り、ベッドに向かった。ネグリジェに手を掛《か》け、視線を感じて振り返る。すると、クロノが食い入るように見ていた。

「見るんじゃない！」

「え～、そんな～」

「軍服を着て欲しくないのかい？」

「分かりました～」

クロノは渋々《しぶしぶ》という感じでこちらに背を向けた。女将は小さく溜息を吐き、ネグリジェを脱《ぬ》ぎ捨て、軍服のスカートを手に取る。びっくりするほど丈《たけ》が短い上、どぎついスリットが入っている。ったく、と吐き捨ててスカートを穿《は》く。上着に袖《そで》を通し、ボタンを留《と》めようとするが――。

「クロノ様、この上着は小さすぎやしないかい？」

「そのサイズで合ってます。あとノーブラでお願いします」

「は⁉」

「ノーブラでお願いします」

思わず振り返る。だが、クロノはこちらに背を向けたまま淡々と言った。

「何だって、そんな真似を――」

「ノーブラでお願いします」

「分かってるよ！」

クロノに言葉を遮られ、女将はイラッとして言い返した。仕方がない。ブラジャーを外して自分の体を見下ろす。うッ、と思わず呻いてしまう。胸の頂きこそ隠《かく》れているが、色々な意味でギリギリだ。

「いいですか？」

「……」

女将は答えなかった。だが、視線を感じる。肩越《かたご》しに背後を見ると、クロノがこちらに向き直っていた。だらしなく相好を崩《くず》している。上着を引っ張って何とか胸を隠そうとするが、できない。当然だ。布地が足りていないのだ。せめてもの抵抗《ていこう》に腕を組んでクロノに向き直る。

「こ、これでいいんだろ？」

「……」

問いかけるが、クロノは無言だ。嫌な予感がした。いや、確信と言っていい。

「あちらをご覧下さい」

そう言って、クロノが手の平で壁際《かべぎわ》を指し示す。手の平で指し示された方を見る。すると、布で覆《おお》われた何かがあった。嫌な予感しかしない。クロノがつかつかと歩み寄り、勢いよく布を引いた。その下に隠されていたものの正体が明らかになる。それはイスだった。ただのイスではない。ゴルディの工房で見たイスによく似ている。

「念のために聞くけど、そりゃ何だい？」

「イスです」

「んなこた分かってるよ！」

女将は声を荒らげた。

「あたしが聞きたいのは何のために使うのかってことだよ」

「……」

クロノは無言だ。無言で微笑《ほほえ》んでいる。しばらくして口を開く。

「囚《とら》われた女軍人と尋問官《じんもんかん》プレイのために開発した尋問《じんもん》イスです」

「アンタって子は」

女将は嘆《なげ》いた。嘆くしかなかった。

「さらにこんなものも作ってもらいました」

クロノは机に向かった。引き出しから縄《なわ》と革製《かわせい》の枷《かせ》を取り出す。目眩《めまい》がした。クロノは
嬉しそうに歩み寄って縄と枷を差し出してきた。

「どうでしょう？」

「馬鹿じゃないのかい？」

「いや～」

「誉めちゃないよ！」

クロノが照れ臭そうに頭を掻き、女将は突《つ》っ込んだ。それからしげしげと縄と枷を眺める。いや、縄ではない。布だ。布を筒状《つつじょう》に縫《ぬ》っている。それを横一列に並べて縫い、ベルトを付ければこんな形になるだろう。さらにベルトの末端《まったん》には木製の留め具が付けられている。

「何だい、こりゃ？」

「本物の縄を使うのは危ないので、正面からそれっぽく見える縄もどきを作ってみました。ちょっと持ってて」

女将が二つの枷を受け取ると、クロノはベルトを引っ張った。ベルトはしばらく持ち堪《こた》えていたが、あっさりと外れた。

「いざという時に自分で外せないと危ないので、布とベルトの接合部に填《は》め込《こ》み式のボタンを使っています」

「よくもまあ、こんなものを……」

「ゴルディが頑張《がんば》ってくれました。ちなみに填め込み式ボタンは枷にも使ってます」

え!?　と思わず枷を見る。確かに枷の紐《ひも》部分に付いている。

「可能な限り安全性に配慮《はいりょ》しました。どうでしょう？」

「どうかと思うよ」

女将は溜息交じりに答えた。すごい技術を無駄遣《むだづか》いしているのだ。溜息の一つも出る。

「じゃあ、いいよね？」

「………分かったよ」

何がだい⁉ と突っ込みたかったが、どのみちクロノの言う通りにするしかないのだ。頷くしかない。

「じゃあ、イスに」

「分かったよ」

女将はクロノに枷を突き返し、イスに座った。普通《ふつう》のイスに比べると高い。クロノがいそいそと歩み寄り、縄もどきを付ける。女将は溜息を吐いた。

「どうして、上下に分けるんだい？」

「おっぱいをよく見たいからです」

女将は再び溜息を吐いた。

「足を上げて下さい」

「足って――ッ！」

思わず息を呑《の》む。すると、クロノは我が意を得たりとばかりに笑った。要するに脚《あし》を広げさせたいのだ。ちッ、と舌打ちをして足を上げる。クロノは枷を右の足首に嵌《は》め、もう一方をイスに嵌める。さらに左の足首でも同じことをする。

クロノはイスの正面に立つと、感動からだろうか体を震《ふる》わせた。

「お、女将！」

「囚われた女軍人と尋問官プレイはどうしたいんだい⁉」

クロノが飛び掛かろうとする。だが、女将が叫《さけ》ぶと、動きを止めた。危ない危ない、とクロノはわざとらしく手の甲《こう》で額を拭《ぬぐ》った。深呼吸を繰《く》り返し——。

「では、プレイ開始ということで」

クロノが歩み出て、ショーツ——正確にはショーツの紐に手を伸ばす。

「は⁉　尋問プレイはどうするんだい？」

女将は声を荒らげたが、クロノは取り合わなかった。無言でショーツの紐を引く。冷たい感触《かんしょく》に襲《おそ》われる。ショーツが捲れたのだ。クロノがズボンとパンツを下ろし、女将は思わず顔を背《そむ》けた。

「質問には全《すべ》て『いいえ』でお答え下さい」

「質問って……」

「いや、普通の尋問ってしたことがないから」

「あたしだって尋問を受けたことはないよ」

普通の尋問という言葉に引っ掛かるものを感じたが、あえて無視する。聞きたくないことを聞く必要はないのだ。

「はい！　では、第一問！　女将《おかみ》は僕のことを愛していますか？」

「いいえ」

女将が答えると、クロノはニヤリと笑った。こちらに歩み寄り、そのまま覆い被《かぶ》さってくる。このために作ったこともあり、少し窮屈《きゅうくつ》だが横になることができた。

「はい、第二問です。女将は僕のことを愛してますか？」

「いいえ」

第二問に答えると、クロノは胸を愛撫《あいぶ》してきた。元気なクロノが当たり、体の奥《おく》が熱くなる。それにしても――。

「これの何処《どこ》が尋問なんだい？」

「はいと言わないと行為《こうい》がエスカレートしていきます」

「やりたいことは分かったけど、別にあたしはクロノ様のことを嫌《きら》いじゃないんだし、その質問はどうかと思うよ？」

「それもそうだね」

　クロノは愛撫を止めて言った。

「では、第三問。女将は亡《な》くなった旦那《だんな》さんより僕のことを愛していますか？」

「ふん、あたしが愛してるのは旦那だけだよ」

「期待通りの反応、ありがとうございます」

　そう言って、クロノは女将から離れた。突然《とつぜん》、視界から消える。跪《ひざまず》いたのだ。何をするつもりなのか考えなくても分かる。

「第四問、女将は亡くなった旦那さんより僕のことを愛していますか？」

「いいえ――って何処を触《さわ》ってるんだい！」

　体を起こそうとしたが――。

「尋問プレイです、尋問プレイ」

「クッ、分かったよ」

「第五問――」

　女将がイスに体を横たえると、クロノが先程《さきほど》と同じ質問を口にした。これにも『いいえ』と答える。第六問、第七問と質問を重ねるごとに行為はエスカレートしていったが、焦《じ》らすだけでそれ以上のことはしてこない。不満はあったが、尋問プレイとはこういうことかと納得してしまった。第九問に答えると、クロノは再び覆い被さってきた。しかし、これ

いますか?」

も焦らすだけだ。

「次はボーナスチャンスです。第十問、女将は亡くなった旦那さんより僕のことを愛していますか?」

「だから、あたしは旦那を——ッ!」

女将は最後まで言い切れなかった。クロノが自身を突き入れてきたのだ。

「こ、これの何処がボーナスチャンスなんだい!?」

「僕にとってのボーナスチャンスということで。はい、第十一問……」

不意にクロノは押《お》し黙《だま》った。

「叙爵式《じょしゃくしき》には女将にも参加してもらいたいんだけど、どう?」

「こんな時に聞くんじゃや——んッ!」

女将は小さく呻《うめ》いた。クロノが小刻みに体を揺すったからだ。

「どう?」

「分かった。参加するよ」

「では、改めて第十一問、女将は亡くなった旦那さんより僕のことを愛していますか?」

「いいえ」

クロノが邪悪《じゃあく》な笑みを浮《う》かべ、女将はびくっと体を震わせた。クロノが先程よりも大胆《だいたん》に体を揺すり、女将は唇を噛《か》み締《し》めて尋問に堪《た》える。さらに尋問は続き、女将は屈《くっ》しそうになる自分を叱咤《しった》しながら第二十九問まで堪えた。

第四章『黒』

帝国暦《ていこくれき》四三一年十月 上旬《じょうじゅん》 昼――リオは苛々《いらいら》しながら羊皮紙に羽根ペンを走らせる。事務仕事は嫌いだ。もちろん、事務仕事の重要性は理解しているし、事務官を馬鹿《ばか》にするつもりもない。ただどうしようもなく自分に向いていないと思う。とはいえ、それが自分にしかできないのであれば話は別だ。喜んでとまでは言わずともある程度の諦観《ていかん》を抱《いだ》いて事務仕事をこなしただろう。

だが、リオにしかできない事務仕事は決して多くはない。いや、むしろ少ない。爺《じい》に仕事を任せてアルフィルク城の見回りをしたいというのが正直な気持ちだ。爺に言わせると城の見回りは近衛騎士団長の仕事ではないということになるのだが、それを言い出したらどちらも自分にしかできない仕事ではない。だったら、あとは好みの問題だ。

城の見回りは楽だし、面白い。適当に城内をほっつき歩いてファーナやピスケ伯爵《はくしゃく》と話していれば宮廷《きゅうてい》貴族は仕事をしていると思ってくれるし、噂話《うわさばなし》を収集したり、トラブルを間近で観察したりできる。特に痴話《ちわ》喧嘩《げんか》は最高だ。つい最近まで愛を囁《ささや》いていた二人が醜《みにく》く言い争う様は人間的で素敵だ。いや、素敵だと思っていた。今はクロノという恋人ができたせいか、以前ほど楽しめなくなっている。まあ、それはさておき、とにかくリオは事務仕事が嫌いなのだ。苛々しながら文章を書き終え――。

「……はい」

「はッ、ありがたく存じます」

羊皮紙を差し出す。すると、部下は一礼して羊皮紙を受け取った。そのまま執務室《しつむしつ》を出て行く。もっとも、苛立《いらだ》ちは収まらない。コツコツと指で机を叩いていると、カチャという音が響《ひび》いた。音のした方を見る。すると、精緻《せいち》な絵付けの施《ほどこ》されたカップが置かれていた。爺に視線を向けるが、口を開こうとしない。まあ、いつものことか。リオはカップを手に取り、口元に運んだ。口を付けず、香《かお》りを愉《たの》しむ。爽《さわ》やかな香りが苛立ちを和《やわ》らげてくれる。一口飲んで机にカップを置く。

「……ありがとう」

「リオ様が苛立っていたようでしたので」

「そりゃ、苛立ちもするさ。まったく、領主どもめ。アポを入れろと言ってるのに聞きゃしない。そのくせ、書面でなければ命令には従えないとか馬鹿じゃないのかい」

リオは頬杖《ほおづえ》を突き、深い溜息を吐《つ》いた。最近、アルフィルク城にやって来てアルフォートにお目通りを願いたいという領主が増えている。だが、残念ながらアルフィルク城は軍事拠点《きょてん》だ。『はい、どうぞ』と通す訳にはいかない。申請《しんせい》を行い、登城が必要かどうか審《しん》議《ぎ》を経て、初めて登城できる。

軒並《のきな》み申請が却下《きゃっか》されたからか、領主達は門の前でごねるようになった。実力行使に出た者はまだいないが、こちらが根負けするのを狙《ねら》っているのか書面でなければ命令に従えないと言い出している。

お前達の事情なんて知るかと言えればどれだけいいか。まあ、リオだけならそれで済ませるのだが、部下はそうもいかない。だから、何度も同じ文章を書く羽目になる。全て、アルフォートが領主に書簡を送っているせいだった。

「本当に碌《ろく》なことをしない」

「……そうですな」

リオがぼやくと、爺はやや間を置いて相槌《あいづち》を打った。しかも、アルフォートがやっているのは書簡を送るだけではない。

「霊廟《れいびょう》の建設だったかな？」

「私もそのように聞いております」

「公共事業を否定するつもりはないんだけどね」

　リオはカップを手に取り、胸の位置まで持ち上げた。

「霊廟を建設して旧貴族と新貴族の融和《ゆうわ》を図《はか》ろうというのが理解不能だよ。融和を図りたいのなら新貴族に中央のポストを用意すべきさ」

「……」

　爺は無言だ。偶《たま》には軽口に付き合って欲《ほ》しいが、そういうタイプではないと分かっているので口にはしない。リオは小さく溜息を吐き、カップを見下ろした。ぼんやりと眺めていると、扉を叩く音が響いた。カップを机の上に置く、

「入れ！」

「はッ！　失礼いたしますッ！」

　爺が声を張り上げると、部下が執務室に入ってきた。歩み寄り、机の前で立ち止まる。

「ピスケ伯爵が士爵位《ししやくい》の件で話があるとのことです」

「士爵位？　ああ、申請が通ったんだね」

「リオ様？」

　爺が訝《いぶか》しげな視線を向けてくる。

「クロノが部下に士爵位を与《あた》えたがっていてね。その手伝いをしたのさ。まあ、実際に動いたのはピスケ伯爵だけど」

「なるほど、よい判断ではないかと」

「へぇ、爺がそんなことを言うなんて珍《めずら》しいね」

「たとえ亜人《あじん》であろうとも功績は評価されるべきだと考えております」

ふ～ん、とリオは相槌を打ち、イスから立ち上がった。

「ピスケ伯爵の所に行ってくるよ」

「はッ！　あとのことはお任せ下さい」

爺が声を張り上げ、リオは執務室を後にした。

※

「「ケイロン伯爵、お疲《つか》れ様《さま》です！」」

リオがピスケ伯爵の執務室に行くと、扉の前に立っていた二人の騎士《きし》が声を張り上げて敬礼した。クロノの同期――サイモンとヒューゴだ。

「お疲れ様。君達とは妙《みょう》に縁《えん》があるね」

「「はッ、光栄です！」」

二人が背筋を伸《の》ばして言い、リオは苦笑《くしょう》した。

「ピスケ伯爵に呼ばれて来たんだ。通してくれるかい？」

「少々お待ち下さい！」

リオが問いかけると、サイモンは扉に向き直った。ドンドンッ！　と扉を叩く。あまりに強く扉を叩くのでびくっとしてしまった。ヒューゴはといえばやってしまったと言わんばかりの表情を浮かべている。

「サイモンです！　ケイロン伯爵がいらっしゃいましたッ！」

「――ッ！」

サイモンが声を張り上げると、中から声が響いた。よく聞き取れなかったが、入室を許可したのだろう。サイモンが扉を開け、勢いよく頭を下げる。

「どうぞ！　お入り下さいッ！」

「ありがとう」

礼を言って執務室に入ると、ピスケ伯爵は机に向かっていた。

「来たよ」

「わざわざ呼びつけて済まなかった」

リオは机の側面に回り込んで寄り掛かった。しげしげとピスケ伯爵を眺める。疲れているのか、顔色が悪い。

「顔色が悪いね。アルフォートにアルコル宰相《さいしょう》を失脚《しっきゃく》させるのに協力して欲しいとでも言われたのかい？」

「――ッ！」

リオが軽口を叩くと、ピスケ伯爵はぎょっとしたようにこちらを見た。何故《なぜ》、知っていると言わんばかりの表情だ。以前のピスケ伯爵なら上手《うま》く誤魔化《ごまか》したはずだが、かなり疲れているようだ。

「冗談《じょうだん》さ。思い付きを口にしただけだよ」

「そうか。冗談か」

ピスケ伯爵はホッと息を吐いた。

「でも、それくらいで参るとは思えないからアルコル宰相にも声を掛けられたのかな？」

「……」

ピスケ伯爵は無言だ。顰《しか》めっ面《つら》でこちらを見ている。

「これは同僚《どうりょう》としての忠告なんだけどね。派閥《はばつ》争いなんて止めたらどうだい？」

「ティリア皇女と戦っておきながらよくもぬけぬけと」

「あれは陛下の遺言《ゆいごん》に従っただけさ」

リオが肩《かた》を竦《すく》めると、ピスケ伯爵は顔を顰めた。ふん、と不愉快《ふゆかい》そうに鼻を鳴らす。

「恵《めぐ》まれた人間には分からんだろうが、私には派閥の力が必要なのだ」

「ボクは自分が恵まれた人間だとはこれっぽっちも思ってないけど、言わんとしていることは分かるよ。でも、それで磨《す》り潰《つぶ》されたら本末転倒《ほんまつてんとう》さ」

「恋人ができた途端、まともなことを……」

ピスケ伯爵は呻くように言った。

「おや、ボクとクロノのことを認めてくれるのかい？」

「認めるも何も……」

ピスケ伯爵は不意に黙り込み、小さく溜息を吐いた。

「認めるとも」

「ありがとう。結婚式《けっこんしき》には招待するよ」

「ああ、妻と一緒《いっしょ》に参加させてもらう」

ピスケ伯爵は弱々しい笑《え》みを浮かべて言った。軽口のつもりだったのだが、どうやら本当に参っているようだ。仕方がない。早めに切り上げるとしよう。

「ところで、士爵位の件で話があるそうだけど……」

「うむ、軍務局から叙爵を認めると正式に連絡《れんらく》があった」

「お疲れ様」

「私は何もしとらんよ」

ピスケ伯爵は自嘲《じちょう》気味に笑った。

「それで、ボクは何をすればいいんだい？」

「証書と軍服をエラキス侯爵《こうしゃく》に届けてもらいたい」

「証書は分かるけど……。軍服？」

「近衛騎士団《きしだん》の軍服だ」

「クロノは軍服をもらえないと思っていたよ」

「いくら何でもそれはなかろう」

ピスケ伯爵は苦笑じみた笑みを浮かべ、手を組んだ。

「どうだ？　行ってくれるか？」

「そうしたいのは山々だけど、領主達《たち》とやり合っててね」

リオは肩を竦め、ある疑念を抱《いだ》いた。このタイミングでクロノに証書と軍服を届けて欲しいという申し出だ。裏があるとしか思えない。

「もしかして、アルフォートの命令かい？」

「まさか、リオ殿《どの》を推薦《すいせん》したのはファーナ殿だ」

「ファーナ殿が？」

リオは思わず目を見開いた。一瞬《いっしゅん》、アルフォートにお願いされたのかと思ったが、彼女《かのじょ》のことだ。純粋《じゅんすい》な好意から推薦してくれたのだろう。

「なるほど、ファーナ殿が推薦してくれたのか。好意を無下《むげ》にはしたくないんだけど、爺に仕事を押しつけてというのは、ね？」

「分かった。城の警備は第十二近衛騎士団が引き受ける」

リオが流し目で見ると、ピスケ伯爵は溜息交じりに言った。

「いいのかい？」

「初めからそのつもりだったのだろう？」

「これでも、公私の区別はしっかり付ける方でね。ピスケ伯爵が引き受けてくれなかったら泣く泣く諦《あきら》めるつもりだったさ」

「よく言う」

やはり、ピスケ伯爵が溜息交じりに言う。リオの言葉をこれっぽっちも信じていないようだ。日頃《ひごろ》の行いは大事だとつくづく思う。ともあれ――。

「引き受けてくれて嬉《うれ》しいよ。これで安心してクロノのもとに行けるよ」

「精々、楽しんでくるといい」

「ありがとう。ところで、いつから仕事を代わってくれるんだい？」

「いつからでも構わんよ」

「じゃ、明日から頼《たの》むよ」

「明日だと⁉」

ピスケ伯爵は素《す》っ頓狂《とんきょう》な声を上げた。

「何なら今日からでも構わないよ」

「それにしても明日というのは……」

「いつからでも構わないというのは嘘《うそ》だったのかい？」

「嘘ではないが……」

ピスケ伯爵は口籠《くちご》もり、がっくりと頭《こうべ》を垂れた。

「分かった。明日からだな」

「ありがとう。一日でも早く出発したいから助かるよ」

「……」

ピスケ伯爵は無言で溜息を吐いた。ちょっとだけ申し訳ない気分になる。だが、折角《せっかく》のチャンスを見逃《みのが》す訳にはいかない。

「じゃ、ボクはお暇《いとま》するよ。証書と軍服は——」

「あとで部下に届けさせる」

「分かった。よろしく頼むよ」

「ああ、そちらもよろしく頼む」

リオは机に寄り掛かるのを止めて扉に向かう。扉を開けて廊下《ろうか》に出ると——。

「「ケイロン伯爵、お疲れ様です！」」

サイモンとヒューゴがこちらに向き直って声を張り上げた。

「二人ともお疲れ様」

「「はッ、ありがたく存じます！」」

労《ねぎら》いの言葉を掛けると、二人は再び声を張り上げた。やれやれ、とリオは肩を竦め、自身の執務室に向かう。その時——。

「リオ殿！」

背後から声が響いた。聞き覚えのある声だ。足を止めて振《ふ》り返ると、第五近衛騎士団の団長ブラッド・ハマルが足早に近づいてくる所だった。

「やあ、ハマル子爵《ししゃく》」

「ハマル子爵は止《よ》してくれ。今まで通りブラッドでいい」

「では、改めて。やあ、ブラッド殿。何か用かい？」

「暇《ひま》ができてね。少し話したいと思ったのだよ」

ふ～ん、とリオは相槌を打った。ブラッドは気のいい男だが、理由もなく話《はな》し掛けてくるとは思えない。ふと先日――宴《うたげ》での会話を思い出す。

「そういえばクロノに連絡はしたかい？」

「そのことなんだが……」

ブラッドは口籠もり、視線を巡《めぐ》らせた。周囲が気になると言うことか。

「歩きながら話そうか？」

「ああ、そうしてくれると助かる」

リオはブラッドと肩を並べて歩き出した。

「それで、連絡はしたのかい？」

「馬二十頭を手土産《てみやげ》に挨拶《あいさつ》に行かせたとも」

「二十頭も……」

リオは思わず呟《つぶや》いた。随分《ずいぶん》、気前がいい。いや、それだけ危機感を抱《いだ》いているのか。

「ところで、誰《だれ》を挨拶に行かせたんだい？」

「セシリーだよ」

ああ、とリオは声を上げた。

「それで、クロノから連絡は来たかい？」

「ああ、書簡が届いたよ」

「書簡には何て？」

「二十頭もの馬をくださったばかりか、ご丁寧《ていねい》な挨拶痛み入りますと書かれていたよ」

「それだけかい？」

「いや、実際はもっと長い文面だったよ。多少、丁寧すぎるきらいがあったが……」

丁寧すぎる？　とリオは内心首を傾《かし》げた。もしかして――。

「妹さんはクロノを怒《おこ》らせたんじゃないかな？」

「何故、そう思うんだい？」

「クロノらしくないと思ったのさ」

それに、とリオは続ける。

「以前、クロノから妹さんに嫌われていると聞いたことがあってね」

「まさか、妹は……」

ブラッドは笑い飛ばそうとして押し黙った。

「いや、だが、妹からは恙《つつが》なく挨拶を終えたと報告が……」

「そりゃ、自分に不利なことは言わないさ」

「……」

ブラッドは再び押し黙った。チラリと視線を向けると、難しそうに眉根《まゆね》を寄せていた。

「妹さんに事情は説明したのかい？」

「………いや」

リオが尋《たず》ねると、ブラッドはかなり間を置いて答えた。

「だが、ただの挨拶で相手を怒らせるだなんて……」

「まだ怒らせたと決まった訳じゃないさ。案外、ちゃんと挨拶しているかも知れないよ」

「そ、そうだな」

リオの言葉に希望を見出《みいだ》したのだろう。ブラッドがわずかに喜色を滲《にじ》ませる。沈黙《ちんもく》が舞《ま》い降《お》りる。気まずい沈黙だ。肩を並べて歩いていると――。

「どうすればいいだろう？」

「素直《すなお》に謝《あやま》ればいいと思うけど、何をしたのか分からないまま謝るのは悪手だね」

「早速《さっそく》、妹に連絡を……」

ブラッドは再び押し黙った。嘘を吐かれたらそれまでということに気付いたのだろう。

「直接会って問い詰《つ》めるしかないと思うよ」

「ああ、私もそう思うよ」

ブラッドは深い溜息《ためいき》を吐き、どうしてこんなことにと呟いた。自分の意図を伝えなかったからだと思ったが、口にはしない。同僚に追い打ちを掛《か》ける趣味《しゅみ》はないのだ。

※

夕方――リオは仕事の引《ひ》き継《つ》ぎを終えると箱馬車に乗って城を後にした。ピスケ伯爵には気の毒なことをしたが、大手を振ってクロノのもとに行けるのだ。今から楽しみで仕方がない。着いたら何をしよう。忙《いそが》しいのは分かっている。だが、せめて一日くらいは独占《どくせん》したい。二人で遠駆けができれば最高なんだけど、とそんなことを考えていると、箱馬車が大きく揺《ゆ》れた。

何事かと窓の外を見る。すると、見慣れた庭園が広がっていた。どうやら第三街区にある自宅に着いたようだ。箱馬車がスピードを落とし、やがて止まる。しばらくして御者《ぎょしゃ》が扉《とびら》を開けた。厳《いか》めしい容貌《ようぼう》の男だ。彼《かれ》も古くからケイロン伯爵家《はくしゃくけ》に仕えている。まあ、爺と同じく父と折り合いが悪かったが。

「……坊《ぼっ》ちゃま」

御者が迫力《はくりょく》のある声で言い、リオは箱馬車から下りた。御者に視線を向ける。

「いつもありがとう」

「いえ……」

礼を言うと、御者は小さく俯《うつむ》いた。恐《おそ》らく、百人中九十九人までが睨《にら》み付けられていると感じるだろう。だが、実際には照れているだけだ。その証拠《しょうこ》に耳が赤くなっている。

「荷物はボクの部屋に運んでおくれ」

「はッ、承知しました」

御者が背筋を伸ばして言い、リオは玄関《げんかん》に向かった。玄関まであと数メートルという所で扉が開く。扉を開けたのは古めかしいメイド服に身を包んだ女性だ。彼女も古くからケイロン伯爵家に仕えてくれている。父との折り合いは言わずもがな。リオは親しみを込《こ》めて婆《ばあ》と呼んでいる。何かあったのか足早に近づいてくる。婆はリオの前で立ち止まり、恭《うやうや》しく一礼した。

「リオ様、お帰りなさいませ」

「ただいま」

リオの言葉に婆ははにかむような笑みを浮かべた。

「婆が出迎《でむか》えてくれるなんて珍しいね。何かあったのかい？」

「そのことですが……。クロフォード男爵《だんしやく》家の家令を名乗る方がいらっしゃっています」

「オルト殿が？」

「はい、そのように仰《おつしや》っていました」

リオがクロフォード男爵家の家令——オルトの名を口にすると、婆は小さく頷《うなず》いた。何の用だろう。思案を巡らせるが、思い当たる節はない。

「どうされますか？　もし——」

「いや、会うよ」

「それがよろしいかと存じます」

リオが言葉を遮《さえぎ》って言うと、婆は嬉しそうに言った。ああいうタイプが好みなのかと思ったが、口にはしない。そういえば——。

「オルト殿が来て、どれくらいだい？」

「先程、いらっしゃったばかりです」

婆が踵《きびす》を返して歩き出し、リオはその後に続いた。玄関の扉を潜《くぐ》り、廊下を抜《ぬ》け、応接室に辿《たど》り着く。婆が扉を開けると、オルトがソファーから静かに立ち上がった。背後にはメイドが控《ひか》えている。確かルシアという名前だったはずだ。リオが応接室に入ると、オルトは深々と頭《こうべ》を垂れた。

「突然の訪問にもかかわらず、お目通り頂き、恐悦至極《きようえつしごく》に存じます」

「恐悦至極に存じます」

オルトが口上を述べ、ルシアが後に続く。

「どうぞ、お掛けになって下さい」

「ありがとうございます」

リオが手の平でソファーを指し示すと、オルトは礼を言って腰《こし》を下ろした。ガチャという音が響く。婆が扉を閉めたのだ。リオはオルトの対面の席に座《すわ》る。

「先日はありがとうございました」

「いえ、碌なおもてなしもできず申し訳ありません」

それで、とリオは居住まいを正す。

「本日はどのようなご用件でしょう?」

「実は、ケイロン伯爵がエラキス侯爵領に行かれると伺《うかが》いまして」

「耳が早いですね」

「恐縮《きょうしゅく》です」

オルトは神妙《しんみょう》な面持《おもも》ちで頷いた。本当に耳が早い。多分、宮廷に息の掛かった貴族がいるのだろう。指摘《してき》してもはぐらかされるだけなので口にはしないが。

「確かに私はエラキス侯爵領にある物を届けるように命じられましたが……」

「ああ、それはよかった」

オルトがわざとらしく胸を撫《な》で下ろし、リオは前傾《ぜんけい》になって彼を睨《ね》め付けた。

「以前からクロノ様に事務官が足りなくて困っていると相談を受けておりまして。このたび、ようやく五人の事務官、いえ、事務官候補を揃《そろ》えることができたのです」

「ああ、それは……。きっと、クロノも喜んでくれるでしょう」

「しかしながら、エラキス侯爵領までは距離《きょり》がございます。事務官候補に何かあったらと気が気ではありません。そこで――」

「私を護衛として雇《やと》いたいと？」

「もちろん、ただでとは申しません」

リオが言葉を遮って言うと、オルトは懐《ふところ》から革袋《かわぶくろ》と二枚に折られた紙を取り出してテーブルの上に置いた。恐らく、革袋の中身は金貨だろう。

「お気持ちは嬉しいのですが、軍務ですので……」

「これは申し訳ございません」

「ですが、護衛の件はお引き受けいたします。偶然《ぐうぜん》、一緒になったという体《てい》を取って頂ければ幸いです」

「承知いたしました」

　ところで、とリオは紙に視線を向けた。

「その紙は何でしょう？」

「事務官候補と他一名の名前と経歴を書いております」

「他一名？」

「はい、何と申し上げればよろしいのか。先日、捕《つか》まったスリがクロノ様の名前を出したようなのです」

「失礼ですが、心当たりは？」

「ございません。とはいえ、クロノ様に確認《かくにん》をせずに知らぬと切って捨てる訳にも参りません。仮にそれがスリであろうとも」

「拝見しても？」

「どうぞ」

　リオは紙を手に取り、内容を確認する。

「この、ヴェルナという少女が？」

　はい、とオルトが頷き、リオはテーブルに紙を置いた。

「それで、どう扱《あつか》えばよいのでしょう？　ああ、これは逃《に》げ出そうとしたり、こちらの指示に逆らったりした場合という意味ですが……」

「焼くなり煮《に》るなり皮を剥《は》ぐなりお好きなようになさって下さい」

「――ッ！」

息を呑《の》む音が響く。オルトの背後を見ると、ルシアがぎょっとした顔でこちらを見ていた。だが、リオが見ていることに気付くと、無表情を取り繕《つくろ》って俯いた。

「分かりました。もちろん、私はそうならないで欲しいと願っていますが」

「私も同じ思いです。では、護衛の件よろしくお願いいたします」

「よろしくお願いいたします」

オルトが深々と頭《こうべ》を垂れ、ルシアも頭を垂れる。ところで、とリオは切り出す。

「私は明日出発するつもりなのですが、問題ないでしょうか？」

「はい、問題ありません」

「それはよかった。では、明日の早朝に」

はい、とオルトは頷いた。

※

翌朝――リオが欠伸《あくび》を噛み殺しながら家から出ると、すでに馬の準備が整っていた。爺が手綱《たづな》を握《にぎ》り、見送りのつもりか、婆を始めとする使用人が並んでいる。オルトは——門を出た所に立っていた。背後には幌《ほろ》馬車が止まっている。もっとさりげなく偶然を装って欲しかったが、問題ないか。重要なのは言い訳として使えるかだ。

「リオ様、おはようございます」

「爺、おはよう」

爺が手綱を差し出してくるが、リオは手で制した。

「オルト殿の所に行ってくるよ」

「挨拶は私の方で済ませましたが？」

「厄介《やっかい》な荷物を預かることになってね。顔くらい見ておかないと」

「承知いたしました」

爺が大きく頷き、リオはオルトのもとに向かった。十メートルくらいまで距離を詰めると、彼は深々と頭《こうべ》を垂れた。

「ケイロン伯爵、おはようございます」

「おはようございます、オルト殿」

それに、と御者席に座るルシアに視線を向ける。

「ケイロン伯爵、おはようございます」

「おはよう、ルシア」

ルシアが慌《あわ》てて頭を下げ、リオはできるだけ優《やさ》しく声を掛けた。これから長い付き合いになるのだ。仲よくしておきたい。

「それで、例の少女は？」

「少々お待ち下さい」

オルトは振り返り——。

「ヴェルナ！」

声を張り上げた。といっても近所迷惑《めいわく》にならない程度だ。話し声とドタドタという音が響き、一人の少女が幌馬車の後部から飛び下りた。逃げるかと思ったが、逃げずにこちらにやって来る。リオはしげしげと少女——ヴェルナを眺《なが》めた。

「君がヴェルナかい？」

「そうだよ」

リオが優しく声を掛けると、ヴェルナはふて腐《くさ》れたようにそっぽを向いた。オルトがやれやれと言わんばかりに肩を竦める。

「聞いたよ、クロノの知り合いなんだって？」

「そ、そうだ。あたしはクロノ様のマブ達だ」

ヴェルナは胸を張ったが、膝《ひざ》が震《ふる》えている。

「マブ達？」

「親友という意味の言葉です」

リオが鸚鵡《おうむ》返しに呟くと、オルトが説明してくれた。

「そうか、クロノの親友なんだね」

「そうだ。だから、あたしを――」

ヴェルナは口を噤《つぐ》んだ。リオが手を伸ばしたからだ。咄嗟《とっさ》に後退《あとずさ》ろうとするが、リオが頭を掴《つか》む方が速い。頭を掴み、彼女の顔を覗《のぞ》き込む。

「いいかい？　貴族の名を騙《かた》るのは重罪だ。殺されても文句は言えない。今、君が生きているのは本当にクロノのマブ達という可能性があるからだよ」

「……」

ヴェルナは無言だ。だが、今にもへたり込みそうなほど膝が震えている。

「嘘を吐いていた時はもちろん、逃げようとしても殺すからね？」

「わ、分かった。逃げねーよ」

「逃げねーよ？」

「に、逃げません！」

リオが鸚鵡返しに呟くと、ヴェルナは悲鳴じみた声を上げた。こんなものか、と手を放す。すると、ヴェルナはへたり込んだ。

「あと、できるだけルシア達に気に入られるようにするんだよ？　そうすれば嘘だった時に助命嘆願《たんがん》してもらえるかも知れないからね」

「わ、分かりました」

ヴェルナは震える声で答えた。これで逃げ出したり、逆らったりしないはずだ。踵を返して爺《じい》のもとに向かう。いや、向かおうとして足を止める。馬蹄《ばてい》の音が聞こえたのだ。振り返り、幌馬車の後方を見る。すると、馬が駆《か》けていた。しかも、近づいてくる。馬が幌馬車を迂回《うかい》して止まり、リオは顔を上げた。すると――。

「よかった。間に合ったようだね」

ブラッドが爽やかな笑みを浮《う》かべた。

「もしかして、見送りかい？」

「いや、私も同行しようと思ったのさ」

そうだろうね、とリオはブラッドの馬を見つめた。いや、鞍《くら》をというべきか。鞍の左右には革袋がいくつもぶら下がっている。完全に旅支度だ。

「仕事は大丈夫《だいじょうぶ》なのかい？」

「副官のジードに任せてきたから問題ないさ」

ははは、とブラッドは朗《ほが》らかに笑った。今頃《いまごろ》、ジードは苦虫を噛《か》み潰したような表情を浮かべているに違《ちが》いない。

「同行を許可してもらえるかな？」

「許可も何ももう来てしまっているじゃないか」

「それもそうだね。では、ありがたく同行させてもらうよ」

「ただし、ブラッド殿も護衛を手伝っておくれよ」

リオの言葉を聞き、ブラッドは馬首を巡らせてその場で一回転した。

「承知した。この幌馬車を守ればいいのだね？」

「あとは……」

リオは地面にへたり込むヴェルナを見下ろした。

「その娘《むすめ》が逃げ出さないように注意して欲しいんだ。万が一、逃げ出したら――」

「我《わ》が淑女《しゆくじよ》から逃《のが》れられる人間などいないよ」

ブラッドはリオの言葉を遮り、愛《いと》しそうに馬の首筋を撫でた。気をよくしたのか、馬がいななき、蹄《ひづめ》を鳴らした。リオは踵を返して爺のもとに向かう。途中《とちゆう》で溜息を吐《つ》く。嫌《いや》な予感がした。

※

帝国暦《ていこくれき》四三一年十月 中旬《ちゅうじゅん》 昼――。

「我が淑女よ！　あれがハシェルだッ！」

「……ようやく着いた」

ブラッドが馬を竿立《さおだ》ちにさせて叫《さけ》び、リオはがっくりと肩を落とした。帝都《ていと》からハシェルまで一週間――本当に長い旅路だった。理由は分かっている。ブラッドだ。接点がなかったので知る由もなかったが、彼は実にお喋《しゃべ》りだ。暇があればずっと喋っている。

だが、単なるお喋りならばここまで疲弊《ひへい》しなかった。彼は単なるお喋りではない。馬の話しかしないお喋りなのだ。馬の生態についてはまだ楽しんで聞けたが、それ以降は駄目《だめ》だった。何を話しても自分が如何《いか》に馬を愛しているのかに収束するのだ。口を開けば馬馬馬――本当に心が折れるかと思った。同行を許可してよかった点は頼まなくても馬の世話をしてくれることだけだ。

リオが深々と溜息を吐くと、ブラッドは馬首を巡らせてこちらに向き直った。

「では、私はこのまま実家に向かうよ。妹にエラキス侯爵に何をしたのか問い質《ただ》さなければばいけないのでね」

「そうかい、お達者で」

「また会おう」

「帰りは別々だけどね」

ははは、とブラッドは笑い声を上げて去って行った。リオはもう一度、深々と溜息を吐いて肩越《かたご》しに幌馬車――御者席に座るルシアに視線を向けた。リオに次いで被害《ひがい》が大きかったので彼女もぐったりしている。

「行くよ？」

「……あと少し」

リオが声を掛けると、ルシアは自分に言い聞かせるように呟いた。馬を進ませ、城門に向かう。車輪の音が付いてきているが、背後を確認する余裕《よゆう》はない。城門が近づく。幸いというべきか他の馬車は止まっていない。

「『止まる！』」

狼《おおかみ》の獣人《じゅうじん》――シロとハイイロが行く手を遮り、リオは手綱を引いた。

「第九近衛騎士団のリオ・ケイロンだ。エラキス侯爵に荷を届けに来た。あと、後ろの幌馬車はオルト殿に護衛を頼まれた事務官候補達だよ」

「俺《おれ》、知ってる、クロノ様、恋人《こいびと》」

「でも、確認、必要」

シロがポーチから通信用マジックアイテムを取り出して話し掛ける。しばらくして、シロが通信用マジックアイテムをしまい、脇《わき》に退いた。

「通っていいのかい？」

「許可、下りた。俺、臭《にお》い、知ってる」

「でも、幌馬車、確認、必要」

「ありがとう」

リオは礼を言って馬を進ませ、数メートル進んだ所で馬首を巡らせて振り返った。獣人が幌馬車を取り囲んでいる。疲《つか》れているからか、ルシアはムッとしたような表情を浮かべている。オルトが採用した人物なので疲労《ひろう》が抜ければ愛想《あいそ》笑いの一つや二つできるようになるだろうが――。

しばらくして獣人が幌馬車から離《はな》れた。幌馬車が動き出し、リオは馬首を巡らせて正面に向き直った。道なりに真《ま》っ直《す》ぐ進む。雑然とした居住区を抜け、祭りのような賑《にぎ》わいを見せる広場を横切り、人通りの増えた商業区を進む。やがて、人気《ひとけ》が失《う》せ、高い塔《とう》が見えてきた。侯爵邸《こうしゃくてい》を囲む塔だ。逸《はや》る気持ちを抑《おさ》え、塀《へい》沿いを進む。カーン、カーンという音が聞こえ、塀が途切《とぎ》れる。正門の前に来たのだ。

正門を通り抜け、横目でドワーフの工房《こうぼう》と紙の工房を見ながら進む。二つの工房を通り過ぎると、獣人達《じゅうじんたち》の姿が見えた。十人や二十人ではない。五十人くらいいるのではないだろうか。彼らは席に着き、前を見据《みす》えていた。つられて視線を動かすと、人間の女性が黒板に数字を書いていた。どうやら算術を教えているようだ。クロノもクロノなりに事務官不足を解消しようとしているということか。さらに進むと、玄関が見えた。心臓が早鐘《はやがね》を打ち、ゆっくりと扉が開いた。

扉を開けたのはアリッサだ。ちょっとだけがっかりする。だが、次の瞬間《しゅんかん》、心臓の鼓動《こどう》が跳《は》ね上がった。クロノが出てきたのだ。さらにエルフとドワーフのメイドがクロノの後に続く。リオは馬から下り——。

「やあ、リ——」

「クロノ、会いたかったよ！」

クロノに駆け寄って抱《だ》き締《し》めた。安心したせいだろうか。疲労が押《お》し寄せる。だが、クロノに会うためだったと思えば疲労すらも愛しく感じられた。もちろん、ブラッドと馬に関する話は頭の隅《すみ》に追いやる。

「リオ、ちょっと離れて」

「どうしてだい？」

「後ろ後ろ」

クロノが囁《ささや》くような声音《こわね》で言った直後、背後からグギギッという音が聞こえた。クロノから離れて振り返ると、いつの間にやって来たのか、ティリア皇女が腕《うで》を組んで立っていた。先程《さきほど》のグギギッという音はティリア皇女の歯軋《はぎし》りだったようだ。ティリア皇女は腕を組むのを止め、ビシッとリオを指差した。

「ここで会ったが百年目！　ケイロン伯爵《はくしゃく》、勝負だぁぁッ！」

「どうして、ボクがそんなことをしなきゃいけないんだい？」

「お前は！　私の頭を踏《ふ》ん付けただろうがッ！」

リオがうんざりした気分で尋ねると、ティリア皇女は吠《ほ》えた。

「あれ以来、私は耐《た》えがたきを耐え、忍《しの》びがたきを忍んできたんだ！　それは全《すべ》て、ケイロン伯爵――お前と戦うためだッ！」

「はいはい、じゃあ、ボクの負けでいいよ」

「ふざけるな！」

「はい！　ストップ！　止まって！　鎮《しず》まりたまえーッ！」

ティリア皇女が詰め寄ろうとするが、クロノが割って入る。その姿を見て、閃《ひらめ》くものがあった。リオはクロノの背にしがみつき——。

「リオ、怖～い！　皇女殿下《でんか》が苛《いじ》めるの！」

「そんな可愛《かわい》い声を出すな！」

「そこに怒るんだね」

ティリア皇女が顔を真っ赤にして叫び、リオはクロノの背にしがみつきながら突《つ》っ込んだ。でも、とクロノから離れて頭を掻《か》く。

「でも、ボクには皇女殿下と戦う理由がないんだよね」

「だから、お前は私の頭を踏ん付けただろうが！」

「それは皇女殿下の戦う理由じゃないか」

あ！　とリオは声を上げ、自分の馬に駆け寄った。鞍から証書と軍服の入った革袋を外し、クロノに歩み寄る。

「はい、お届け物だよ」

「ありがとう」

クロノは革袋を受け取ると、リオの背後に視線を向けた。アリッサがしずしずと歩み寄ってクロノから革袋を受け取る。

「執務《しつむ》室《しつ》にお願い」

「承知いたしました」

クロノの言葉にアリッサは頷き、幌馬車に視線を向けた。

「事務官候補の方々をお部屋にご案内してもよろしいでしょうか？」

「うん、よろしく」

「承知いたしました。シェイナさん、フィーさん」

「「はッ！」」

アリッサが名前を呼ぶと、エルフとドワーフのメイド――シェイナとフィーという名前らしい――が威勢《いせい》よく返事をした。

「事務官候補の方々を客室に」

「「はッ、承知しました」」

シェイナとフィーは足を踏み出すと手を挙げた。

「私共が客室にご案内します！」

「どうぞ、付いてきて下さいッ！」

シェイナとフィーが踵を返して歩き出し、ルシアを始めとする五人の事務官候補とヴェルナが後に続く。リオはヴェルナの首根っこを掴み――。

「君はこっちだよ」

引き寄せてクロノに突き出した。帝都からエラキス侯爵領《こうしやく》までの旅路で仲間意識が芽生えたのか、ルシア達《たち》が足を止め、それに気付いたシェイナとフィーも足を止める。

「はい、どうぞ」

「誰？」

「馬鹿《ばか》！　あたしの命が懸《か》かってるんだから真面目《まじめ》に答えろよッ！」

クロノが不思議そうに首を傾げると、ヴェルナは手足をばたつかせた。

「命が懸かってるって、どういうこと？」

「帝都の警備兵に捕まった時にクロノの名前を出したんだよ」

これ以上ないくらい分かりやすく説明したつもりだったのだが、クロノは今一つ分かってないらしくきょとんとしている。

「騙りは重罪だよ。特に貴族の場合はね。落とし前を付けなきゃいけない。それで、どうなんだい？　彼女《かのじょ》のことを知ってるかい？」

「うん、知ってる」

クロノの言葉にヴェルナはホッと息を吐いた。彼女はリオを睨み付け——。

「おい、とっとと放せよ。あたしは——」

「帝都で僕《ぼく》から財布《さいふ》を盗《ぬす》もうとした孤児《こじ》のヴェルナさんです」

「馬鹿！　どうして、そんなことを言うんだよ⁉」

クロノが言葉を遮って言うと、ヴェルナは顔を真っ赤にして叫んだ。

「いや、だって、財布を盗もうとしたのは事実だし」

「いやいや、他にもあっただろ？」

「何かあったっけ？」

「お前の話を聞いて泣いたじゃん！」

「でも、あの時は泣いてないって」

「泣いてた！　超《ちょう》泣いてたッ！　同情したり、共感したりして超泣いてたッ！　それに、あたしは財布を盗んでねぇ！」

ヴェルナは必死の形相で叫んだ。

「それで、どうするんだい？」

「う～ん、殺すのはちょっと」

「だよな！　流石《さすが》、英雄《えいゆう》の息子《むすこ》！　助けてくれたら愛人にでも何でもなるぜ！」

「……」

クロノは押し黙《だま》って目を細めた。

「な、何だよ？」

「いや、『自分で食《く》い扶持《ぶち》を稼《かせ》いでる』って怒ってたのにいいのかなって」

「こんな状況《じょうきょう》で意地なんか張れるかよ」

ヴェルナは情けない声で言った。

「ところで、どうして僕の名前を出したの？」

「警備兵にぶん殴《なぐ》られてムカついて、それでつい……」

ヴェルナがごにょごにょと言い、クロノは深々と溜息を吐いた。

「とりあえず、殺さない方向で」

「分かったよ」

リオが手を放すと、ヴェルナは尻餅《しりもち》をついた。すぐに立ち上がり、へへへと笑う。小悪党じみた笑いだ。自然と剣《けん》に手が伸《の》びる。

「じゃ、あたしは帝都に戻《もど》るぜ」

「却下《きゃっか》」

「何でだよ!?」

クロノがうんざりしたように言うと、ヴェルナは声を荒《あら》らげた。

「旅費はどうするの？」

「それは……。何とかするよ」

クロノの問いかけにヴェルナは口籠《くちご》もり、ふて腐れたように唇《くちびる》を尖《とが》らせた。

「捕まってまた僕の名前を出されると困るんだよね」

「そんなことしねーよ」

「警備兵に殴られて僕の名前を出したのに？」

「ぐッ……」

クロノが呆《あき》れたように言うと、ヴェルナは呻《うめ》いた。それからハッと息を呑み、ぽりぽりと頭を掻いた。

「アンタが何を言いたいのか分かったぜ」

「勘違《かんちが》いしてると思うけど、どうぞ」

ヴェルナが自信満々で言い、クロノが溜息交じりに先を促《うなが》す。

「あたしを愛人にしたいんだろ？」

「はい、勘違い」

「は⁉　なんでだよッ？　貴族ってのはそういうもん――痛ッ！」

ヴェルナがクロノに詰め寄ろうとしたので、リオは彼女の頭をチョップした。かなり手加減したのだが、頭を抱《かか》えてその場に蹲《うずくま》る。

「僕が言いたかったのは『メイドとしてうちで働かない？』ってこと」

「なんで、あたしがメイドとして働かなきゃいけねーんだよ？」

「また犯罪に走って、僕の名前を出されたくないからだよ」

むぅ、とヴェルナは不満そうに下唇《したくちびる》を尖らせた。しばらくしてがっくりと肩《かた》を落とす。

「仕方がねーか」

「分かってもらえて嬉《うれ》しいよ」

「金はもらえるんだよな？」

「もちろん、お給料は出すよ」

「そんで、あたしは何をすりゃいいんだ？」

ヴェルナが仕事内容を尋ねると、クロノはアリッサに視線を向けた。アリッサは少しだけ悩《なや》むような素振《そぶ》りを見せ——。

「水汲《みずく》みを担当してもらいます」

ヴェルナに任せる仕事を口にする。すると、パンッという音が響《ひび》いた。シェイナとフィーがハイタッチしたのだ。どうやら水汲みは思わずハイタッチしてしまうほど過酷《かこく》な仕事のようだ。仕事の過酷さを察したのだろう。ヴェルナが渋《しぶ》い顔をする。

「水汲みなんてしなきゃいけねーのかよ」

「……ヴェルナさん」

アリッサが静かに名前を呼ぶと、ヴェルナは背筋を伸ばした。

「貴方《あなた》は旦那様《だんなさま》に迷惑を掛けています」

「それは分かってるけど……」

「にもかかわらず旦那様はメイドとして雇うと仰っています。貴方がするべきことは不満を口にすることではありません。旦那様の名誉《めいよ》を傷付けたことを償《つぐな》い、雇うに足る価値があると示すことです。分かりましたね？」

はい、とヴェルナは項垂《うなだ》れた。

「では、付いてきて下さい」

アリッサが踵を返して歩き出すと、シェイナ、フィー、ルシアを始めとする事務官、ヴェルナが後に続いた。扉が閉じ——。

「ケイロン伯爵、勝負だ！」

ティリア皇女が声を張り上げた。リオはうんざりとした気分で溜息《ためいき》を吐いた。

「だから、ボクには戦う理由がないと言っているじゃないか。戦って欲《ほ》しいんならやる気を出させておくれよ」

「ぐぬ……」

ティリア皇女は口惜《くや》しそうに呻いた。やる気を出させる方法を考えているのだろう。目が忙《せわ》しく動く。しばらくして重々しく口を開く。

「……よ、夜伽《よとぎ》の順番を譲《ゆず》ってやる」

「夜伽の順番？」

「そうだ。今夜の夜伽担当は私だ。私に勝てば夜伽の順番を譲ってやる」

リオが鸚鵡返しに呟《つぶや》くと、ティリア皇女は押し殺したような口調で言った。まさか、夜伽の順番が決まっているとは思わなかった。そんなものに従う義理はないが――。

「分かった。夜伽の順番を賭《か》けて戦うよ」

「本当だな？」

「本当さ」

やはり、うんざりした気分で答える。夜伽の件で喧嘩《けんか》をしたくないし、ティリア皇女の口惜しそうな顔を見てやりたいという気持ちもあった。

「なら善は急げだ！　練兵場《れんぺいじょう》に行くぞッ！」

ティリア皇女が意気《いき》揚々《ようよう》と歩き出し、リオはクロノに視線を向けた。

「どうかしたの？」

「湯浴《ゆあ》みの準備をお願いできるかな？」

「ああ、それならもうアリッサに頼《たの》んだよ」

「手回しがよくて助かるよ」

けど、湯浴みの準備をしているんなら断ればよかったかな、とリオはティリア皇女の背中を見つめた。

※

ティリア皇女に先導されて城壁《じょうへき》の外にある練兵場に辿り着く。練兵場では兵士達が組み手をしていた。素手《すで》や木剣《ぼっけん》、木槍《もくやり》を使っての組み手だ。技術はともかく、迫力《はくりょく》は近衛騎士《きし》団《だん》の訓練に勝るとも劣《おと》らない。

「実戦じゃ手加減してもらえねぇぞ！　痛がってる暇《ひま》があるんなら手を出せッ！」

練兵場に怒声《どせい》が響き渡《わた》る。クロノの副官――ミノの声だ。その姿に爺を重ねて苦笑《くしょう》する。

「馬鹿みたいに突っ込《こ》むな！　頭を――」

リオ達に気付いたのだろう。ミノが叱咤《しった》を止め、こちらに駆け寄ってきた。

「大将、皇女殿下、それと――」

「リオ・ケイロンだよ」

「もちろん、覚えてやす」

リオが言葉を遮《さえぎ》って言うと、ミノは歯を剥《む》き出して笑った。膝を屈《かが》めて頭《こうべ》を垂れる。

「その節はお世話になりやした」

「礼はいらないよ。泥《どろ》に塗《まみ》れて戦った同士だからね」

「同士と仰《おっしゃ》って頂けて恐縮です」

ミノはぶるりと身を震わせ、クロノに視線を向けた。

「この展開にはちぃとばかり覚えがありやすが、もしかして——」

「そうだ。ケイロン伯爵と決闘《けっとう》する」

ティリア皇女はずいっと前に出た。

「大丈夫ですかい？」

「大丈夫とはどういう意味だ？」

「どういう意味も何もサルドメリク子爵《ししゃく》とやり合った時に死にかけたじゃありやせんか」

ティリア皇女がムッとしたように言うと、ミノは困ったように眉根《まゆね》を寄せた。

「エリルとやって殺されかけたのかい？」

「馬鹿なことを言うな。私の圧勝だったぞ」

「本当かい？」

「……」

リオが視線を向けると、ミノは無言で視線を逸《そ》らした。

「どうして、クロノの副官に尋《たず》ねるんだ⁉」

「当事者の話を聞いても参考にならないからさ」

ティリア皇女が声を荒らげ、リオは肩を竦《すく》めた。ミノの反応から察するに窮地《きゅうち》に追い込まれながら逆転したという所だろう。エリルの白兵戦闘《せんとう》能力は素人《しろうと》未満だ。先の先を取るか、一撃《いちげき》を凌《しの》ぐかすれば勝てる。

「手加減するから安心しておくれよ」

「分かりやした。ケイロン伯爵がそこまで仰るなら」

ミノは部下に向き直り、大きく息を吸った。

「休憩《きゅうけい》だ！　ケイロン伯爵と皇女殿下が戦うぞッ！　城壁側に移動しろッ‼」

声を張り上げると、兵士達が動きを止めた。のろのろと城壁に向かう。きびきびすべき時とのろのろすべき時の区別が付いていて大変よろしい。

「そこの君、木剣を貸してくれないかな？」

「はッ、どうぞお使い下さい」

近くにいた獣人に声を掛《か》ける。すると、彼《かれ》は足早に歩み寄って木剣を差し出してきた。

「ありがとう」

「いえ！　それでは、失礼いたしますッ！」

獣人は背筋を伸ばして言うと、城壁に向かって駆け出した。別にゆっくり歩いてくれてもよかったのだが――。多少、申し訳ない気分になりつつ木剣を振《ふ》るう。訓練の時は刃《やいば》を潰《つぶ》した剣を使っているので違和感《いわかん》がある。ビュッという音が響く。音のした方に視線を向けると、ティリア皇女が具合を確かめるように片手で木剣を振っていた。その時、ミノが気遣《きづか》わしげに声を掛けてきた。

「どうですかい？」

「うん、問題ないと思うよ。ああ、そういえば訓練のことなんだけど……」

「気になることでもありやしたか？」

「実戦――あの場合は乱戦かな？　とにかく、実戦を想定したいい訓練だと思う」

「ありがとうございやす」

ただ、とリオは続ける。

「なかなか難しい部分はあるだろうけど、技術面も鍛《きた》えた方がいいね。新兵訓練所は最低限の知識と技術を叩《たた》き込むだけの所だから」

「技術面ですかい？」

「要するに剣術《けんじゅつ》や槍術《そうじゅつ》の基礎《きそ》をやろうってことさ」

うーん、とミノは唸《うな》った。当然か、彼自身が新兵訓練所出身なのだ。基礎と言われてもピンとこないだろう。

「ワイズマン先生に相談したいと思いやすが……」

「ワイズマン先生？」

「軍学校に勤めていらっしゃった方でクロノ様の恩師にあたりやす」

リオが鸚鵡返しに呟くと、ミノが説明してくれた。ワイズマン、と口の中で名前を転がす。聞き覚えのある名前だ。確か――。

「補講担当の先生だったかな？」

「よく覚えてるね。もしかして、リオも――」

「縁《えん》がなかったから逆に覚えていただけだよ」

クロノが嬉しそうに声を掛けてくるが、リオは自身の名誉のためにも否定しておく。

「あ、そうですか」

「でも、少し興味が湧《わ》いたかな。それで、ワイズマン先生は教えてくれそうなのかい？」

「ワイズマン先生は新しく雇《やと》った先生の監督《かんとく》もしてるから」

クロノが困ったように言う。ふと侯爵邸の庭園で獣人が算術を教わっていたことを思い出す。軍事を優先すべきだと思うが、事務官の育成を軽《かろ》んじていいという訳ではない。実に悩ましい問題だ。

「よければボクが基礎を教えるよ」

「いいの？」

「クロノの領地は人手不足が深刻そうだからね」

リオは肩を竦めた。一瞬《いっしゅん》だけフェイの姿が脳裏《のうり》を過《よぎ》ったが、どう考えても先生というタイプではない。

「ケイロン伯爵！」

「分かった。すぐに行くよ」

ティリア皇女の苛立《いらだ》たしげな声が響き、リオは小さく溜息を吐いて歩き出した。十メートルほどの距離《きょり》を取り、ティリア皇女と対峙《たいじ》する。背後に兵士達が立ち、さらにその後ろに城壁が聳《そび》え立つ。

「ケイロン伯爵、悪く思うなよ」

「何がだい？」

「少しでも勝率を上げるために工夫《くふう》させてもらった」

ああ、とリオは声を上げた。どうやらティリア皇女は兵士を背後に立たせることでアウエイ感を演出したかったようだ。

「そう上手くいくかな?」

「ふん、何を言うかと思えば……。私とクロノの部下は長い付き合いなんだぞ」

ティリア皇女は不敵な笑《え》みを浮かべた。兵士は自分の味方をする。そう信じて疑っていない顔だ。リオは無言で木剣を掲《かか》げた。すると――。

「ケイロン伯爵！　ケイロン伯爵ッ！」

「リーオ！　リーオッ！」

「応援《おうえん》してます！」

「あの時は助けて下さってありがとうございましたッ！」

うぉぉぉぉッ！　と兵士が雄叫《おたけ》びを上げた。

「ぐッ……。何故《なぜ》だ!?」

「ボクは彼らと戦場に立ち、泥に塗れたんだよ。それだけじゃない。彼らの仲間を治療《ちりょう》したし、死を看取《みと》りもした」

リオは木剣を構えた。

「皇女殿下は戦場の絆《きずな》を舐《な》めすぎさ」

「ちょ、ちょっとくらい応援されてるからって勝ち誇《ほこ》るな！」

そう言って、ティリア皇女も木剣を構えた。白い光が立ち上る。神威術《しんいじゅつ》・活性《かっせい》、神衣《かむい》を使ったのだ。軽く目を見開く。以前手合わせした時より技量が向上しているようだ。これはうかうかしていられない。心の中で翠《みどり》にして流転《るてん》を司《つかさど》る神に祈《いの》りを捧《ささ》げ、ティリア皇女と同じように神威術で身体能力と防御力《ぼうぎょりょく》を向上させる。

「どうした？　来ないのか？」

「どうしたも何も始めの合図がないじゃないか」

ティリア皇女が視線を向けると、ミノは慌《あわ》てた様子で手を挙げ——。

「始めッ！」

大声で叫んで手を振り下ろした。先に動いたのはティリア皇女だ。地面が爆発《ばくはつ》したと思うほど強烈《きょうれつ》な踏み込みで解き放たれた矢のように加速する。十メートルもの距離を一瞬で踏破《とうは》して木剣を突き出す。狙《ねら》いは首だ。

喰《く》らえば死ぬ。そう確信させる殺意に満ち溢《あふ》れた攻撃《こうげき》だ。よくもまあ、躊躇《ちゅうちょ》なく攻撃できるものだと感心してしまう。この躊躇のなさがティリア皇女の恐《おそ》ろしさだ。ピスケ伯爵が後《おく》れを取ったのも無理からぬ話だ。油断といえばそれまでだが、実戦経験のない、しかも皇族が躊躇なく殺しにくると想像できる人間がこの世の中に何人いるだろう。

さて、どうしたものか。木剣で攻撃を受け、出鼻を挫《くじ》くのも手だ。だが、翠にして流転を司る神の神威術は防御《ぼうぎょ》を得意としていない。それに、ティリア皇女の技量は以前よりも向上している。さらに小細工まで弄《ろう》してきた。どんな切り札を隠《かく》し持っているか分からない。ここは安全策を採るべきだ。

リオは木剣を躱《かわ》し、背後に回り込んだ。攻撃すべく木剣を振り上げた次の瞬間、ティリア皇女が動いた。振り向き様に木剣を一閃《いっせん》させる。躱せないと瞬時《しゅんじ》に判断して木剣で攻撃を受け止める。木剣のぶつかり合う音が響き、腕に衝撃《しょうげき》が走る。骨まで響くとはこのことだ。鍔迫《つばぜ》り合いに移行するつもりか、ティリア皇女が木剣を押し込んでくる。

まだ衝撃の余韻《よいん》が残っているが、リオは腕に力を込めた。押し返されまいとしてティリア皇女が腕に力を込める。リオは力を抜《ぬ》いて反転する。ティリア皇女がたたらを踏む。だが、何とか踏み止《とど》まってまた振り向き様に木剣を一閃させる。木剣は空を斬《き》った。リオがその場から待避《たいひ》していたからだ。再び十メートルほどの距離を取って対峙する。

「どうだ！　ケイロン伯爵ッ！」

ティリア皇女は興奮した面持《おもも》ちで叫んだ。鍛錬《たんれん》が無駄《むだ》ではなかった。その実感が気分を高揚《こうよう》させているのだろう。

「多少は成長したみたいだけど、勝ち誇るのはまだ早いんじゃないかな？」

「負け惜《お》しみか？」

「勝負はこれからってことさ」

リオは地面を蹴《け》って跳躍《ちょうやく》した。ただし、前ではなく後ろに。ティリア皇女はきょとんとした顔をしていたが、こちらの意図を察したのか。距離を詰《つ》めようと駆《か》け出した。パチンと指を鳴らす。すると――。

「ぐッ――」

ティリア皇女は耳を押さえて動きを止めた。声援《せいえん》を神威術で増幅《ぞうふく》させたのだ。神威術で視力や聴力《ちょうりょく》、嗅覚《きゅうかく》などを強化することはできる。だが、逆をしようという者はいない。感覚の鈍磨《どんま》は戦闘勘を損《そこ》なう。リオは十分な距離を取り、加速、加速、加速――十分な加速を得ればもはや木剣は必要ない。速度が武器となる。一筋の光となってティリア皇女に攻撃を仕《し》掛《か》ける。

「ぐッ！　この――ッ！」

背中を掠《かす》めると、ティリア皇女は仰《の》け反《ぞ》り、振り向き様に木剣を一閃させた。だが、そこにリオはいない。死角から死角へ移動を繰《く》り返し、少しずつダメージを蓄積《ちくせき》させる。戦闘はリオの思惑《おもわく》通り進んでいる。

しかし、落胆《らくたん》もある。これでは前回と同じだ。強い相手と戦いたいなどと嘯《うそぶ》くつもりはないが、どうせ戦うのならばわずかなりとも今後の糧《かて》としたかった。その時、リオはあることに気付いた。ティリア皇女が手の平を上に向けていたのだ。五センチほど離れた所に光弾《こうだん》が浮《う》かんでいる。あれで攻撃するつもりか。怒《いか》りを覚える。苦《くる》し紛《まぎ》れとはいえ、負け方というものがあるだろうに。もういい。とっとと終わらせてしまおう。そう考えて加速した次の瞬間――。

「どっせいッ！」

ティリア皇女が光弾を地面に叩き付けた。爆音《ばくおん》が轟《とどろ》き、土煙《つちけむり》が噴《ふ》き上がる。ただの土煙ではない。神威術で強化された石を含《ふく》んだ土煙だ。リオは慌てて旋回《せんかい》する。だが、急旋回《きゅうせんかい》をしたせいだろう。視界が暗転する。視界が元に戻ると、土煙を突き破《やぶ》って光の柱が現れた。いや、光の柱ではない。神威術だ。ティリア皇女が神威術・祝聖刃《しゅくせいじん》で光の刃を作り出したのだ。

「墜《お》ちろぉぉぉぉッ！」

ティリア皇女が光の刃を振り下ろす。避《さ》けられない。咄嗟《とっさ》に防御力を高める。衝撃が全身を貫《つらぬ》く。光の刃が振り下ろされたのだ。地面に叩き付けられる。普通《ふつう》ならば攻撃の手を緩《ゆる》めるだろう。だが――。

「死ねぇぇぇぇッ！」

ティリア皇女は攻撃の手を緩めない。距離を詰め、木剣を振り下ろす。ドンッという音が響く。木剣が地面を叩く――いや、陥没《かんぼつ》させる音だ。ぐッ、とティリア皇女が呻いたのが分かった。当然か。勝利を確信して振り下ろした一撃が地面を陥没させただけで終わったのだから。

「いや、危ない所だったよ」

リオは跪《ひざまず》いたまま軽口を叩いた。どうして、無事なのか。答えは簡単だ。防御力を強化し、光の刃との間に空気のクッションを作ったからだ。流石に地面にまでクッションは作れなかったが、ダメージを軽減させられたのだからよしとしよう。

「はぁぁぁぁッ！」

ティリア皇女が雄叫びを上げて――いや、裂帛《れっぱく》の気合いというべきか――突っ込んでくる。リオは跳《と》び退《すさ》り、石を投げつけた。

「この程度で――ぐぁッ！」

ティリア皇女は苦鳴を上げ、動きを止めた。神威術で強化した石を投げたのだから当然だ。油断大敵、つまりそういうことだ。リオは石を投げながら距離を取ろうとして目を見開いた。ティリア皇女が木剣で石を弾《はじ》きながら前進してきたのだ。恐るべき執念《しゅうねん》だが、近衛騎士団の団長として負ける訳にはいかない。石を投げつけるが、木剣で弾かれる。ならばと神威術で石を操作する。石が木剣をかいくぐって突き刺《さ》さる。

「ぐッ――」

ティリア皇女は呻き、片膝《かたひざ》を屈《くっ》した。限界かと思ったが、まだ目が死んでいない。まだ勝つつもりなのだ。それを証明するようにティリア皇女から立ち上る光の量が増す。ゆっくりと立ち上がり、木剣を肩に担《かつ》ぐ。思わず口元が綻《ほころ》ぶ。その構えは見たことがある。クロード・クロフォードにそっくりの構えだ。防御を捨てて一撃を叩き込むつもりか。リオは静かにティリア皇女を見据えた。

「小細工は終わりか？」

「まあ、ね」

「――ッ！」

リオが木剣を腰《こし》だめに構えると、ティリア皇女は息を呑《の》んだ。瞳《ひとみ》が揺《ゆ》れる。神器《しんき》を召喚《しょうかん》するのではないかと疑っているのだ。リオは弓以外の神器を召喚できないし、この戦いで神器を召喚するつもりもない。だが、ティリア皇女には分からない。それどころか、神器を召喚されたら負けるという思考に囚《とら》われていることだろう。そして――。

「ぐッ……。ぁぁぁぁぁッ！」

地面が爆発し、ティリア皇女が解き放たれた矢のように加速する。だが、それは決死の一撃ではない。ただの自棄《やけ》だ。リオはティリア皇女の側面に回り込んで攻撃を躱し、そっと足を差し出した。足払《あしばら》いでさえない。足かけだ。ティリア皇女は足かけを躱せず無様に転倒《てんとう》した。

「ぐッ、まだまだ……」

「勝負ありだよ」

リオは立ち上がろうとするティリア皇女の首元に木剣の切っ先を突きつけた。

「私はまだ──」

「勝負あり！」

ティリア皇女の言葉はミノの声に遮られた。ジャッジは頼んでいなかったのだが、このままでは危険だと判断したのだろう。

「これで、夜伽をする権利はボクのものだね？」

ぎぎぎ、とティリア皇女は歯軋《はぎし》りした。

※

夜──リオは本日二度目の入浴を終えるとクロノの部屋に向かった。シンプルなデザインのネグリジェを着てだ。セクシーなデザインのネグリジェにするか迷ったが、あまりクロノを興奮させるのもと思い、このデザインにしたのだ。いや、ちょっと嘘《うそ》だ。期待していると思われたくなかったし、我慢《がまん》できなくなるかもと不安だったのだ。

クロノの部屋の前で立ち止まり、気分を落ち着かせようと深呼吸する。だが、気分は昂《たか》ぶったままだ。気分を落ち着かせようとして深呼吸しているのか、興奮して呼吸が荒くなっているのか分からなくなる。

もういいや、と捨《す》て鉢《ばち》な気分になって扉《とびら》を開けて中に入る。すると、クロノは机に向かっていた。仕事をしているのだろう。羽根ペンで文字を書くカリカリという音が響いている。後ろ手に扉を閉めると、音が止《や》んだ。ややあって、クロノがこちらに向き直る。

「いらっしゃい」

「うん、いらしたよ」

リオは平静を装ってクロノに歩み寄った。机を覗《のぞ》き込むと、紙があった。

「何をしてるんだい？」

「ああ、これね」

クロノは机に向き直り、紙を手に取った。

「叙爵式《じょしゃくしき》をやろうと思って」

「これは会場のレイアウトだね」

「分かってもらえて嬉しいです！」

クロノが語気を強めて言った。

「どういう流れでするんだい？」

「皆《みんな》、仕事があるから叙爵式そのものは簡素にして演出面に拘《こだわ》ろうと思います」

「いいんじゃないかな」

「それで折り入って相談が……」

クロノがおずおずと切り出す。

「箔《はく》を付けるためにリオにも参加して欲しいんだけど……」

「構わないよ」

「本当に⁉」

「一緒《いっしょ》に泥塗《どろまみ》れになった仲だからね」

ふふ、とリオは笑い、ブラッドのことを思い出した。

「箔を付けたいんだったらブラッド殿《どの》にも頼んだらどうだい？」

「そりゃ、二人も近衛騎士団長が参加してくれれば箔が付くけど、わざわざ帝都《ていと》から呼び出すのは……」

「大丈夫《だいじょうぶ》さ。今頃《いまごろ》、ブラッド殿は妹さんを問い質《ただ》しているだろうからね」

「え⁉　ハマル子爵領にいるの？」

「いるのというか、クロノに謝罪するために戻ってきたんだよ」

「ちょっとした嫌《いや》みのつもりだったんだけど……」

悪いことをしちゃったかな？　とクロノはバツが悪そうに頭を掻《か》いた。そろそろベッドにとリオは考え、机の上に箱が置いてあることに気付いた。軍服が入っている箱だ。

「クロノ、箱の中は見たのかい？」

「実はまだ。叙爵式の時に開けてもいいかなと思って」

「サイズのチェックくらいはしておいた方がいいと思うよ」

「そうかな？」

「そうさ」

そうだね、とクロノは頷《うなず》き、箱を正面に移動させた。蓋《ふた》を開ける。何も入っていなかったらどうしようと思ったが、そんなことはなかった。ただし——。

「「黒い」」

リオとクロノの言葉が重なった。クロノは軍服を手に取り、持ち上げて下から覗き込んだ。リオもしゃがんで下から覗き込む。だが、下から見ても黒かった。リオが立ち上がると、クロノは軍服を箱に収めて蓋をした。

「……何たる嫌がらせ」

「本当にね」

リオは小さく溜息を吐《つ》いた。こんなことをするくらいならわざわざ軍服を支給しなくていいのにと思う。ともあれ、これでベッドに行ける。ベッドに向かおうと体の向きを変えると、クロノが立ち上がった。

「どうしたんだい？」

「リオの気持ちはよ～く分かってます」

そう言って、クロノはリオの肩に触《ふ》れた。そのままベッドに誘導《ゆうどう》される。

「この分だとそのままで大丈夫かな？」

「そういうことは言わなくていいんだよ」

リオはムッとして唇を尖らせたが、それ以上に恥《は》ずかしい。気分のみならず体まで昂ぶってしまっていたのだ。感じやすいのは仕方がない。だが、こうも気分が体に反映されやすいとは——。もう何かに呪《のろ》われているんじゃないかとさえ思う。

「はい、ベッドに手を付いて」

「そう急《せ》かさないでおくれよ」

リオはショーツの紐《ひも》を解き、ベッドに手を付いた。クロノが腰を掴《つか》み、ある疑問が脳裏を過った。今まで四度しているが——。

「どうして、いつも後ろからなんだい？」

「――ッ！」

クロノが動きを止め、リオは肩越《かたご》しに背後を見た。すると、クロノが気まずそうに顔を背《そむ》ける所だった。自分の体に変な、いや、変わっているのは分かっているが、何かあるのかとドキッとしてしまう。

「初めてした時……」

クロノがごにょごにょと切り出し、リオは小さく頷いた。

「シーツがすごいことになったので……」

「あ、うん、ごめんね」

「正面からしたらぶっ掛けられそうだなと」

なるほど、と思わず頷いてしまった。確かにクロノにしてみれば気になるだろう。

「でも、気になるなら正面からで」

「いや、そんなに気を遣《つか》わなくていいよ」

「いやいや、最近は角度的に問題ないんじゃないかと思ってます」

「角度……」

「それに、ネグリジェも着ているし。ものは試《ため》しということでどうでしょう？」

「そんなことを言われても……」

「どうでしょう？」

「分かったよ」

リオは小さく溜息を吐き、クロノと向かい合うようにベッドに座《すわ》った。心臓が早鐘《はやがね》を打つ。頬《ほお》だけではなく、耳まで熱い。

「はい、ゆっくりベッドに横たわって下さい」

「う、うん、分かったよ」

リオはゆっくりとベッドに横たわり、両手で顔を覆《おお》った。いつもと違《ちが》うということもあるが、元気なクロノが視界に飛び込んできたからだ。

「いい？」

「ど、どうぞ」

上擦《うわず》った声で答えると、クロノが笑った。そんな気がした。もっとも、確かめる間もなくめくるめく快楽に翻弄《ほんろう》されることになったが。

幕間『疾きこと風の如く』

セシリーの兄――ブラッド・ハマルが侯爵邸《こうしゃくてい》にやってきたのはリオと愛し合った翌日のことだった。リオは馬のことばかり話す点を除けば人格者だと言っていたが、クロノは信じなかった。セシリーに蹴られてできた側頭部のハゲ、もとい、傷痕《きずあと》が信じるなと言っている。一戦交える覚悟《かくご》で応接室に向かったのだが――。

「先日は妹が無礼を働き、申し訳ありません！」

クロノが応接室に入るなり、ブラッドはソファーから立ち上がって頭を垂れた。一戦交えるどころか、言葉を発することもできなかった。流石《さすが》、若くして近衛騎士団の団長を務めるだけのことはある。判断が速い。

「私が言葉足らずだったばかりにエラキス侯爵《こうしゃく》に不快な思いをさせてしまいました。本当に申し開きのしようがありません」

ブラッドは頭を垂れたまま声を絞《しぼ》り出すように言った。その姿を見ていると本当に彼の本意ではなかったのだろうなという気がしてくる。それに、不快感を表明しなければいけなかったとはいえ嫌みったらしい内容の手紙も送りつけてしまった。ここは謝罪を受け入れるべきだ。

「分かりましたので、どうか頭を上げて下さい」

はい、とブラッドは顔を上げた。クロノはしげしげと彼を見つめた。容貌《ようぼう》はセシリーに似ていなくもいない。ただ、身に纏《まと》う雰囲気《ふんいき》は正反対だ。セシリーは刺々《とげとげ》しいが、ブラッドは和《なご》やかだ。

「私の顔に何か？」

「あ、いえ、すみません」

クロノは慌てて謝罪し、手の平でソファーを指し示した。

「どうぞ、お掛けになって下さい」

「承知しました」

ブラッドはソファーに腰を下ろした。セシリーの一件が尾《お》を引いているのだろう。申し訳なさそうにしている。クロノはブラッドの対面の席に腰を下ろした。

「では、改めて。お初にお目に掛かります。エラキス侯爵領の領主を務めておりますクロノ・クロフォードと申します」

「ブラッド・ハマルです。先日、家督《かとく》を継《つ》ぎ、ハマル子爵となりました」

クロノが頭を下げると、ブラッドも頭を下げた。第五近衛騎士団の団長を務めていることに触れなかったということはここにはハマル子爵として来ているということか。

「先日は馬を二十頭もありがとうございます」

「本来ならばエラキス侯爵を叙爵された時に挨拶《あいさつ》に伺《うかが》うべきだったのですが……。仕事にかまけて後回しにしてしまい、お恥ずかしい限りです」

ブラッドは申し訳なさそうに言ったが、これは嘘だろう。彼が家督を継いだのは先日のことだ。少なくとも前当主はエラキス侯爵領――クロノとの付き合いを重視していなかったということになる。今になって挨拶に来たのはシルバ港によって物流が変化し、ハマル子爵領の税収に悪影響《あくえいきょう》を与《あた》えたからだ。

「しかし、馬を二十頭なんて挨拶にしては大盤振《おおばんぶ》る舞《ま》いしすぎじゃありませんか？」

「そのことなのですが……」

ブラッドは困ったように眉根を寄せ、身を乗り出した。

「実は、カド伯爵《はくしゃく》領に港ができて税収に悪影響が出ているのです」

ほう、とクロノは声を上げた。まさか、自分から弱みを曝《さら》すとは思わなかった。何を考えているか分からないが、釘《くぎ》を刺しておくべきだろう。

「気の毒だとは思いますが、不利益になる提案は呑めませんよ？」

「承知しています。このことをレオンハルト殿に相談した所、通行税を撤廃《てっぱい》すればいいとアドバイスを受けました」

「それは……。エラキス侯爵領とカド伯爵領を行き来するのに税金が掛からなくなると解《かい》釈《しゃく》してもよろしいでしょうか？」

「はい、その通りです」

ブラッドは我《わ》が意《い》を得たりと言わんばかりに頷いた。断った方がと考え、待てよと思い直す。元の世界では国同士で関税の撤廃などを行っていた。当然、メリットがなければそんなことはしない。この場合のメリットとは経済を活発化することだ。安い輸入品が入ってくるので国内産業が衰退《すいたい》する可能性もあるが、クロノとブラッドの場合はそこまで心配しなくて大丈夫なはずだ。心配するほど二次産業が育っていない。

「どうですか？」

「とても興味深いお話です」

「……」

クロノの言葉にブラッドは微《かす》かに口元を綻ばせた。手応《てごた》えを感じたからではない。その逆だ。やはり、断られたかという諦観《ていかん》の笑みだ。

「いくつか条件を呑んで下されば通行税を撤廃するのも吝《やぶさ》かではありません」

「その条件とは？」

「……広場はご覧になりましたか？」

「ええ、とても賑《にぎ》わっていました」

クロノが間を置いて尋ねると、ブラッドは困惑《こんわく》しているかのような表情を浮かべて答えた。内心胸を撫《な》で下ろす。見ていないと言われたら話の取っ掛かりを失う所だった。

「私の領地では所定の手続きを踏《ふ》めば誰《だれ》でも露店《ろてん》を出すことができます」

「それは……。画期的なことですね」

「ありがとうございます」

クロノは礼を言い、身を乗り出した。

「この制度をハマル子爵領でも導入して頂きたいのです」

「質問をしても？」

「どうぞ」

「通行税を撤廃して頂くのですからこちらも提案を呑まねばと考えています。しかし、その提案はエラキス侯爵に利がないように思えます」

「確かにこの提案を呑んで頂いても私が直接的な利益を得ることはないでしょう」

「では、何故？」

「私は経済を活発化したいと考えています。そのためには一部の商会だけではなく、誰もが自由に商売をできることが重要だとも。そして、ゆくゆくは露店以外の制度も導入して頂ければと考えています」

「露店以外の制度と仰ると？」

「そうですね。たとえば我が領地では売春と奴隷《どれい》売買は許可制になっています。制度とは違うかも知れませんが、救貧院《きゅうひんいん》も入院者の独立を目的として運営しています」

「つまり、露店制度の導入は試金石であると？」

「そういうことです」

クロノは小さく頷いた。でっかいことを言い過ぎちゃったかな？　と心臓がばくばくしているが、貿易の自由化とはそういうものだと自分に言い聞かせる。それに、詳細《しょうさい》を詰めるのはシッター達《たち》の役割だ。問題があれば修正してくれるはずだ。

「どうでしょう？」

「通行税の撤廃についてはこちらから言い出したことですので問題なく。露店制度の導入についても問題ないと考えます。しかし、その以外の制度については、どのようなものが分かっていないので……」

クロノが尋ねると、ブラッドは難しそうに眉根を寄せて答えた。自分で言っておいてなんだが、ブラッドの意見には同意しかない。

「では、まずは通行税の撤廃と露店の導入について話し合い、その上で担当者に行き来してもらって制度について学んでもらうのはどうでしょう？」

「…………そうですね。それでお願いできればと思います」

ブラッドはかなり間を置いて答えた。答えるまでの間が気になるが、藪蛇《やぶへび》になったら困るので黙《だま》っておく。

「あと一つだけお願いが……」

「私にできることなら」

「実は、部下が士爵位《ししゃくい》を叙爵されたんです。それで叙爵式をやるつもりなんですが、よければブラッド殿にも参加して頂ければと思いまして……」

「……そういうことでしたら喜んで」

ブラッドは少し間を置いて答えた。

「ところで、叙爵式はいつ？」

「まだ未定です」

「では、日程が決まったらご連絡《れんらく》頂ければ」

「よろしくお願いします」

いえ、と言ってブラッドは立ち上がった。

「もう帰るんですか？」

「ええ、今回の件を実家に報告しなければいけないので」

「見送ります」

「そこまでして頂く訳には……。それに玄関《げんかん》までの道順ならば心得ておりますので」

クロノが立ち上がると、ブラッドは困ったような笑みを浮かべた。

「それなら部屋を出るまで」

「それでしたら……」

ブラッドが歩き出し、クロノはその後を追った。

※

「何のお構いもできませんで申し訳ありません」

「いえ、こちらが連絡もなしに押《お》しかけたので。それでは、また叙爵式で」

「はい、よろしくお願いします」

クロノ――エラキス侯爵が応接室の扉を閉め、ブラッドは安堵《あんど》の息を漏《も》らしそうになった。だが、ぐっと堪《こら》えて歩き出す。長い通路を抜け、階段の前に出る。すると、そこにリオがいた。

「話し合いは上手くいったかい？」

「……問題なく終わったとも」

ブラッドが視線を巡《めぐ》らせながら答えると、リオはパチンと指を鳴らした。緑色の光が弾け、音が消えた。

「これで声は漏れないよ」

「念のため歩きながら話そう」

ブラッドが歩き出すと、リオも歩き出した。

「それで、クロノはどうだった？」

「……とても聡明《そうめい》な印象を受けた」

リオの問いかけに言葉を選びながら答える。恐らく、これから話す内容はリオを通じてエラキス侯爵に筒抜《つつぬ》けになるだろう。だが、それでいい。エラキス侯爵にブラッドが正しく状況《じょうきょう》を理解していると知ってもらうことが重要なのだ。

「どうして、そう思うんだい？」

「レオンハルト殿に通行税の撤廃を提案されて勉強し直したのだが、初代皇帝《こうてい》は領内の通行税を撤廃したのみならず、自由な商《あきな》いを奨励《しょうれい》したそうだ」

ふ～ん、とリオは興味なさそうに相槌《あいづち》を打った。いや、違うか。彼《かれ》はエラキス侯爵が何を考えているのか知っている。だから、驚《おどろ》かないのだ。

「あと、非常に狡猾《こうかつ》だ」

「狡猾？」

「ああ、領内の制度を統一しようと持ちかけられた」

「それで、どうするんだい？」

「領主としての権限を制限されるのは面白《おもしろ》くないが、あとになるほど条件は不利になる。受け入れるしかない」

「意外だね」

そう言いながらリオの声には意外そうな響《ひび》きがなかった。

「その内、領地を乗っ取られそうだね」

「その時はのんびりと馬でも育てるさ」

ブラッドは軽く肩《かた》を竦《すく》めた。もっとも、そうなる可能性は低いだろう。エラキス侯爵はハマル子爵《ししゃく》家に価値を見出《みいだ》している。少なくとも軽《かろ》んじてはいない。だからこそ、叙爵式に参加して欲《ほ》しいと言ったのだ。何にせよ、手札が残っているのはありがたい。そんなことを考えながら階段を下り、エントランスホールに出る。その時、閃《ひらめ》くものがあった。

「……セシリーを行儀見習《ぎょうぎみなら》いとして送《おく》り込《こ》むか」

「何を言ってるんだい？」

「今後のことについてだよ。どう思う？」

「どうかと思うよ」

リオはいいアイディアだと思っていないようだ。だが、経済同盟を結ぶのだ。両家の繋《つな》がりを強化する必要がある。

「妹さんはどう思うかな？」

「セシリーの意思は関係ない」

「へ～、随分《ずいぶん》厳しいんだね」

「やりたいことがあるのならば兄として応援するがね。そうでないのならば家の役に立ってもらう。それだけのことだよ」

「当主らしい立派な判断だね」

「ありがとう」

揶揄《やゆ》されていると気付いたが、ブラッドは礼を口にした。玄関の扉から外に出ると、喧《けん》噪《そう》が押し寄せてきた。神威術《しんいじゅつ》の効果が切れたのだろう。肩越しに背後を見ると、リオがエントランスホールからこちらを見ていた。見送りはここまでらしい。

ブラッドは深々と溜息《ためいき》を吐き、歩き出した。疲労《ひろう》が押し寄せてくる。母のようにしっかりした女性を妻に迎《むか》えて馬の世話に没頭《ぼっとう》したい。その思いは今も変わっていないが、実現するまで時間が掛《か》かりそうだ。

だが、ハマル子爵家の未来が懸《か》かっているのだと思えば諦《あきら》めがつく。

第五章『故郷』

帝国暦《ていこくれき》四三一年十月 中旬《ちゅうじゅん》 昼——突《つ》き上げるような衝撃でミノは目を覚ました。慌《あわ》てて周囲を見回すと、そこは荷馬車の荷台だった。ホッと息を吐き、荷馬車の後方を見る。すると、十台ほどの荷馬車が連なっていた。代官所の建設に必要な部材や作業員の食糧《しょくりょう》などを詰んだ荷馬車だ。さらにその向こうにはシルバートンの街と港が見える。しまった。眠《ねむ》っていたせいで街並みを見ることができなかった。ちょっとだけ損した気分になるが——。

また明日見ればいいか、とミノは気分を切り替《か》えた。その時、ガタガタと荷馬車が揺れた。スピードを落としているのだ。揺れが大きくなり、不意に荷馬車が停止する。どうやら送ってくれるのはここまでのようだ。クロノから預かった荷物を背負って荷馬車から降り、御者席《ぎょしゃせき》に歩み寄る。すると、御者が前方を指差した。

「この道を真《ま》っ直《す》ぐ進めば開拓村《かいたくむら》です」

「ああ、ありがとうな」

「いえ、資材を運ぶついでですから。では、明日……」

御者は言葉を句切り、視線を横に向けた。視線の先には建設中の建物がある。あれが騎《き》兵隊《へいたい》の休憩所兼代官所《きゅうけいじょけん》だろう。

「代官所に来て下さい。ハシェルまでお送りしますので」

「分かった」

ミノは頷くと開拓村に向かって歩き出した。背後からガタガタという音が響く。荷馬車が動き出したのだろう。少しだけ気になったが、振《ふ》り返る必要もないかとそのまま歩を進める。道を真っ直ぐ進み、じっとりと汗《あせ》ばんできた頃《ころ》、開拓村に辿《たど》り着いた。皆、働いているのだろう。村の奥《おく》からコーンという音が聞こえてくる。村に足を踏み入れ、動きを止める。どれが自分の家か分からなかったからだ。視線を巡らせるが、時間帯が悪いのか人気がない。こんなことになるなら休憩所《きゅうけいしょ》に寄って自分の家が何処《どこ》にあるのか確認《かくにん》すべきだった。後悔《こうかい》するが、もう遅《おそ》い。

肩越しに背後を見る。今から戻《もど》って確認すべきかと考え、すぐに思い直す。先程《さきほど》からコーンという音が響いている。まだ父達は働いているのだ。自分の家も分からないのかと笑われそうだが、休憩所に戻るより時間を節約できる。

そんなことを考えながら村を抜《ぬ》けると、そこには畑が広がっていた。緑色の線が幾筋《いくすじ》も走っている。畑に歩み寄り、しげしげと緑色の線を眺《なが》める。それは十センチほどの草だった。恐《おそ》る恐る手を伸《の》ばしたその時――。

「ミノじゃねぇか！　何しに来やがったッ！」

「――ッ！」

野太い声が響き、思わず手を引っ込める。声のした方を見ると、父に率いられた男衆が近づいてくる所だった。ミノは立ち上がり、父に歩み寄った。

「……親父《おやじ》」

「何しに来やがった？　ひょっとして――」

「休暇《きゅうか》だよ。クロノ様に特別休暇をもらったんだ」

「そんなことを言ってクビになったんじゃねぇだろうな？」

ミノが言葉を遮《さえぎ》って言うと、父は顔を顰《しか》めた。どれだけ息子《むすこ》を信用してねぇんだという言葉を何とか呑み込む。父がミノの背後を見て、訝《いぶか》しげに眉根《まゆね》を寄せる。

「で、その荷物は何だ？」

「これは……」

ミノは口を噤《つぐ》み、荷物を下ろした。口で説明するより見てもらった方がいいと考えたのだ。紐《ひも》を解き、荷物を覆っていた布を引く。すると、荷物の全容が明らかになる。それは櫛《くし》を逆さにしたような形をしていた。ただし、サイズは櫛よりも遙《はる》かに大きい。

「何だ、そりゃ？」

「千歯扱《せんばこ》きって道具らしい。収穫《しゅうかく》した小麦を束ねて……」

言葉を句切り、歯を指差す。

「この間を通すと、簡単に脱穀《だっこく》できるそうだ」

「らしい？　そうだ？」

「揚《あ》げ足を取らないでくれよ。俺《おれ》だって初めて見たんだ」

父が険のある声で言い、ミノは堪《たま》らず言い返した。

「まあ、もらえるものはもらっておくけどよ。これは小麦を収穫してから──来年、使うもんなんだろ？　いくらなんでも気が早すぎねぇか？」

「それは……」

父の言葉にミノは口籠《くちご》もった。ちょっとムカつくが、もっともな言い分だ。

「それに、こんなものが──」

「ちょっと待った！」

「待ったです！」

背後から声が響く。女性の声だ。振り返ると、二人の女性──いや、女性と少女というべきだろうか──が駆《か》けてくる所だった。二人はミノの脇《わき》を駆け抜け、千歯扱きの傍《かたわ》らに跪《ひざまず》いた。目を爛々《らんらん》と輝《かがや》かせている。

「この二人は？」

「黄土《おうど》神殿《しんでん》の神官《しんかん》様でグラネット様とプラム様だ」

ミノが尋《たず》ねると、父は最初に女性を、次に少女を見て言った。グラネットとプラムは舐《な》めるように千歯扱きを見ている。それだけではなく息遣《いきづか》いも荒《あら》い。ちょっと怖《こわ》い。二人の奇行《きこう》に堪《た》えられなくなったのか、父がおずおずと口を開いた。

「そいつはそんなにすごいものなんですかい？」

「「――ッ！」」

グラネットとプラムはぎょっと父を見た。どうして、そんな当たり前のことを尋ねるのかと言わんばかりの表情だ。だが、父が農業の素人《しろうと》であることを思い出したのだろう。グラネットは気まずそうに咳払《せきばら》いをして立ち上がった。

「もちろんよ。基本的に脱穀は扱き箸《ばし》っていう二本の棒を組み合わせたものを使うんだけど、効率的とは言えないわ。でも、これがあればもっと効率的に作業ができるはずよ」

「へい、そうなんで……」

「ぐッ、分かってないわね」

父が相槌を打ち、グラネットは呻《うめ》いた。父が千歯扱きのすごさを理解していないと分かったからだろう。グラネットは髪《かみ》を掻き上げ――。

「収穫の時に試してみれば分かるわよ。ああ、それにしても、どうしてこんな単純なことに気付かなかったのかしら」

「ですです」

グラネットが再び千歯扱きを見つめて言い、プラムが相槌を打った。

「そういえばこれって誰が作ったの？」

「クロノ様のアイディアですぜ」

ミノが答えると、グラネットは渋《しぶ》い顔をした。

「黄土神殿に報告したら怒《おこ》るわよね？」

「当たり前です！　援助《えんじょ》を打ち切られるどころか、極刑《きょつけい》になりかねないです！」

グラネットがぼそっと呟《つぶや》き、プラムが立ち上がって叫《さけ》んだ。

「これは神官長《しんかんちょう》様に頑張《がんば》って頂くしか……」

「でも、神官長様は交渉《こうしょう》が苦手そうです」

「それは、まあ、色々と頑張ってもらうということで」

グラネットはもじもじと身をくねらせながら言った。よからぬことを考えているようだが、口にはしない。雄弁《ゆうべん》は銀、沈黙《ちんもく》は金――つまり、そういうことだ。

「もう少し見てていいかしら？」

「それは構いやせんが……。あとでちゃんと返して下せぇ」

「もちろんよ」

ミノが口籠もりながら言うと、グラネットは胸を張って言った。

「じゃあ、俺達《おれたち》はこれで」

「時間を取らせて悪かったわね」

「申し訳ないです」

父はグラネットとプラムに頭を下げると男衆を率いて歩き出した。ミノは動かない。グラネットとプラムに家の場所を聞けばいいと思ったのだ。父は十歩ほど歩いた後で立ち止まった。突然《とつぜん》、振り返ってミノを見る。

「馬鹿《ばか》！　ボーッと突っ立ってるんじゃねぇ！　お前も来るんだッ！」

「来るって、何処に？」

「家に決まってるだろ」

ミノがあえて尋ねると、父はムッとしたように答えた。

※

「じゃあ、ハッさん。また午後に」

「おう、午後も気合いを入れて働くからな。しっかり休んでおけよ」

父と男衆はそんな遣《や》り取りをして別れる。家に向かう男衆の足取りは軽いが、ミノの足取りは重い。父と二人きりになってしまったからだ。無言で歩いていると、父が足を止めた。そこは村の入り口付近だった。目と鼻の先と評してもいい。

「ここが新しい家だ」

「ここが……」

父が顎《あご》をしゃくって言い、ミノは家を見上げた。ボウティーズ男爵《だんしゃく》領にあった家よりも立派だ。だが、村を見て回った後だからか感動は薄《うす》い。父が無言で歩き出し、ミノは慌てて後を追った。

「今、帰ったぞ」

「……ただいま」

父が扉《とびら》を開けて家に入り、ミノもその後に続いた。扉を越《こ》えた先は食堂とキッチンを兼《か》ねた空間になっていた。その奥にはいくつか扉がある。家の広さから考えるに個室が設けられているようだ。ガチャという音と共に奥の扉が開く。扉を開けたのは母だった。母は驚いたように目を見開き、足早に近づいてきた。

「まあまあ、よく帰ってきたわね」

「ただいま、母ちゃん」

「さあさあ、昼食を用意するから座りな」

ああ、とミノは部屋の中央にあるテーブルに向かった。テーブルを取り囲むようにイスが四つ置かれている。父が奥の席に着き、ミノは対面の席に座った。きょろきょろと家の中を見回す。

「なに、きょろきょろしてやがるんだ？」

「アリアは？」

「あいつなら休憩所に行ってる。何でも料理人が足りねぇらしい」

「そうなのか」

ミノが頷くと、会話が途切《とぎ》れた。父は無言だ。気まずい。こんな思いをするのなら帰ってくるんじゃなかったと思うほどだ。その時、母が戻って来て料理を並べ始めた。大きなパンに具《ぐ》沢山《だくさん》のスープ、魚の塩焼きが目の前に並ぶ。ボウティーズ男爵領にいた頃は望むべくもなかったご馳走《ちそう》だ。

「お食べ」

母がイスに座り、ミノに食べるように促《うなが》す。チラリと母に視線を向ける。すると、そこにはちゃんと料理が並んでいた。連絡もなしに来たせいで迷惑《めいわく》を掛けたんじゃないかと思ったが、杞憂《きゆう》だったようだ。

「おら、とっとと食え」

「父ちゃん！　折角《せっかく》、ミノが帰ってきたんだよ！　少しは気遣《きづか》ってやんな！」

「わ、分かったよ」

母がぴしゃりと言うと、父は情けない声で応じた。ミノはスプーンを手に取り――。

「いただきます」

スープを掬《すく》って、口元に運んだ。口の中に塩辛《しおから》さが広がる。ボウティーズ男爵領で食べた料理より塩辛く感じる。

「どうだい？」

「うん、美味《うま》いよ」

ミノは手を止めて頷《うなず》き、ズビズビとスープを飲んだ。味は単調――塩《しお》っ辛《から》いだけだが、久しぶりに母の手料理を食べたせいだろう。美味く感じる。スプーンを置き、パンに手を伸ばす。二つに割ると、断面が白かった。混ぜ物の少ないパンだ。多分、クロノが食糧を提供してくれたのだろう。パンを頬張《ほおば》る。うん、美味い。まさか、自分の家で白いパンが食べられるとは思わなかった。魚の塩焼きを掴《つか》み、齧《かじ》りつく。カド伯爵領がクロノの領地となってから魚を食べる機会が増えた。だが、鮮度《せんど》の問題だろうか。新兵舎の食堂で食べたそれよりも美味く感じる。

「そんなにがっつくんじゃねぇよ」

「父ちゃん！」

母が鋭《するど》く叫ぶと、父は首を竦めた。はは、とミノが笑う。すると、それにつられたように母が笑い、父が苦笑《くしょう》する。昼食を食べ終え——。

「あ〜、食った食った」

ミノは腹を撫でさすった。実際は腹八分目といった所だが、母を思っての嘘《うそ》だ。これくらいは許されるだろう。母が静かに立ち上がり、食器を重ねて台所に向かう。沈黙が舞い降《お》りる。居心地《いごこち》の悪さを感じて俯《うつむ》いていると、父が口を開いた。

「いつ帰るんだ？」

「明日の昼」

「そうか」

ミノが答えると、父は溜息を吐《つ》くように相槌を打った。

「邪魔《じゃま》なら——」

「心配するな、お前の部屋もある」

　ミノの言葉は父に遮られた。また沈黙が舞い降りる。

「……親父」

「何だ？」

「少し変わったか？」

「俺は変わってねぇよ」

　父はムッとしたように言った。

「親父が、何というか、立ち退《たの》きに同意するとは思わなかった」

「そりゃ、ただ立ち退けってんなら文句の一つも言うけどよ。悪くねぇ額をもらったし、新しい家を建てる手伝いもしてもらえるんだ。意地を張る理由がねぇ」

　そう言って、父は黙り込んだ。しばらくして口を開く。

「アリアのヤツがよ。食堂を開きてぇって言っててよ」

　うん、とミノは頷いた。頷くだけではなく、気の利《き》いた言葉を吐きたかった。だが、そんな言葉は一つも思い浮《おもう》かばなかった。

「あいつには苦労を掛け通しだ。俺と母ちゃんが心配だからって婚期《こんき》も逃《のが》しちまった」

「……ごめん」

「馬鹿、お前を責めてる訳じゃねぇ」

父は溜息交じりに言った。嘘は吐いていないはずだ。父は直情的だ。責めるつもりなら言葉ではなく拳《こぶし》が飛んできている。

「よければ——」

「金を出すってか？」

「……」

父が言葉を遮って言い、ミノは無言で頷いた。

「余計な気を回すんじゃねぇ」

「妹のことを気に掛けちゃいけないのか？」

「そういうことはな。孝行息子が言うもんだ」

ふん、と父は不愉快《ふゆかい》そうに鼻を鳴らした。ムカッとしたが、言い返せなかった。こんな時ばかり兄貴面して何様のつもりだと思ってしまったのだ。それに、と父が続ける。

「お前もいずれは所帯を持つ身だ」

「俺は——」

「いいから聞け」

また言葉を遮られる。いつもと違《ちが》う。穏《おだ》やかな口調だ。

「お前もいずれ所帯を持つ。その時に俺達がいたら大変だろ」

「そんなことはねぇよ」

「罪滅《つみほろ》ぼしのつもりか？」

「……兄貴としてできるだけのことをしてやりたいんだよ」

ミノはやや間を置いて答えた。嘘だった。ミノは家を飛び出したことを――家族を捨てたことをなかったことにしたかった。

「止めとけ止めとけ。どうせ、すぐに保たなくなる」

これはな、と父は身を乗り出した。

「俺と母ちゃんの仕事だ。今まで親らしいことは何もしてやれなかったが、ここなら親らしいことをしてやれる。まあ、あと何年か頑張ればアリアの夢を叶《かな》えてやれるさ」

「……親父」

ミノは小さく呟いたその時、母が戻ってきてカップをテーブルに置いた。中に入っているのは香茶《こうちゃ》だろう。湯気と共に清涼《せいりょう》感のある匂《にお》いが立ち上っている。

「二人とも何を話してるんだい？」

「ああ、ちょっとな」

母が尋ねるが、父は言葉を濁《にご》して答えなかった。ミノはしげしげとカップを眺めた。欠けた所のない、真新しいカップだ。食事一つ、香茶一つ取っても暮らしぶりが上向いていると分かる。母が席に着き、口を開いた。

「どうしたんだい？　とっとと飲んじまいな」

ああ、とミノは頷き、カップを手に取った。香茶を口に含《ふく》むと、鼻に抜けるような爽《さわ》やかな味わいが広がった。

「どうだい？」

「美味いよ。何処で買ったんだい？」

「黄土神殿の神官さんに教わって作った自家製だよ」

美味いと言われて嬉《うれ》しかったのだろう。母は鼻息も荒く言った。

「ところで、どうして急に帰ってきたんだい？」

「休暇だとよ」

「父ちゃんにゃ聞いてないよ」

母がぴしゃりと言い、父は首を竦めた。

「クロノ様から特別休暇をもらったんだ」

「それだけかい？」

「……」

母に問いかけられ、ミノは押し黙った。

「実は、その、俺は騎士《きし》になったんだ」

「騎士⁉」

ミノが口籠もりながら答えると、父と母が驚いたように目を見開いた。

「それで、両親に報告してこいってクロノ様が休暇をくれたんだ」

「亜人《あじん》が騎士になるなんて聞いたこともねぇ」

「クロノ様が骨を折って下さったんだ」

ミノはカップを見下ろした。どれだけ大変だったかは想像するしかない。だが、簡単ではなかったことは分かる。

「……そうかい」

母はやや間を置いて頷いた。

「それで、お前はこれからのことを考えてるかい？」

「これからのことって？」

「そりゃ、将来のことだよ」

ミノが問い返すと、母は呆《あき》れたように答えた。

「お前だってもう若くないんだ。身の振り方《かた》ってヤツを考える時期じゃないのかい？」

「母ちゃん、ミノは騎士になったばかりなんだぞ？」

「そんなこた分かってるよ。けど、死んじまってからじゃ遅いだろ」

「そりゃ、死んじまってからじゃ遅いが……。クロノ様には俺達も世話になってる。それに騎士に取り立てて下さったばかりじゃないか。それなのに軍人を辞《や》めるなんて不義理すぎるだろう」

　母は取り合わなかったが、父は食い下がった。

「別に辞めろって言ってる訳じゃないよ。ちゃんと考えてるのかって話をしてるんだ。ミノ、ちゃんと考えてるのかい？」

「俺は……」

　母の問いかけにミノは口籠もり、しばらくして口を開いた。

「俺は……。クロノ様を支えてぇと思ってる。でも、それだけじゃない。俺がやらないで誰が死んでいった部下の意思を受け継《つ》ぐんだって思いも、さっき親父が言ってたみたいに不義理を働きたくないって気持ちだってある。理由は沢山《たくさん》あるんだ。そうじゃなきゃ、たった一つの命を懸けられない」

　ミノはカップに手を伸ばし、香茶を飲み干した。

「本当に理由は沢山あるんだ。けど、やらない理由は思い付かない」

「分かったよ。そこまで考えてるんなら何も言わないよ。けど、一つだけ覚えといておくれよ。ここがお前の家だってことをさ」

「……母ちゃん」

鼻の奥がツンとしてミノは天井《てんじょう》を見上げた。その時――。

「ただいま！」

元気な声が響いた。アリアの声だ。ミノは咄嗟《とっさ》に手の甲《こう》で涙《なみだ》を拭《ぬぐ》った。

「兄さん！　帰ってたの⁉」

「なんだ、誰《だれ》も言わなかったのか」

アリアが驚いたように目を見開き、ミノはがっくりと肩を落とした。サプライズを演出したかった気持ちは分かるのだが――。そんなことを考えると、アリアが空いている席に座《すわ》った。これで家族が揃《そろ》った。

「仕事はいいの？」

「ああ、兄ちゃんは騎士になってな。それで、クロノ様が特別休暇をくれたんだ」

「まあ！　兄さんが騎士にッ！」

アリアが手を打ち鳴らし、立ち上がる。

「急に立ち上がってどうしたんだ？」

「食材を買いに行くの。兄さんが騎士になったんですもの。今夜は腕《うで》に縒《よ》りを掛けて料理を作らなきゃ」

「俺も行くよ」

「兄さんは待ってて！」

ミノが立ち上がろうとすると、アリアはぴしゃりと言った。しまったと言うように手で口元を押さえる。くく、と父が忍《しの》び笑《わら》いを漏らす。

「まあ、いいじゃねぇか。アリアもこう言ってることだし、今日はのんびりしてろ」

「いや、でも、支払《しはら》いくらい……」

「お金のことは心配しなくても大丈夫《だいじょうぶ》よ。私だって働いてるんだから」

「けど……。分かった」

ミノは口籠もり、イスに座り直《なお》した。ここで押し問答《もんどう》をしても仕方がない。次に帰ってくる時に埋《う》め合わせをしようと心に誓《ちか》う。

「さてと、俺も仕事に戻るぜ」

「私はシルバートンに行ってくるわ」

父が立ち上がり、アリアが家を出て行った。やや遅《おく》れて父も家を出て行く。

「ミノ、もう一杯《いっぱい》飲むかい？」

「ああ、頼《たの》むよ」

母が立ち上がって台所に向かう。ミノは身動《みじろ》ぎした。自分だけ怠《なま》けているようでちょっとだけ居心地が悪いが――。

「……帰ってきたんだ」

ミノは小さく呟いた。

第六章『万感』

帝国暦四三一年十月下旬昼《げじゅん》──レイラは九人の部下を率いて街道《かいどう》を進む。徒歩ではなく馬での移動だ。馬の扱《あつか》いにはかなり慣れたが、騎兵隊としての仕事にはまだ慣れない。そのせいだろうか。消耗《しょうもう》が激しい。休憩《きゅうけい》すべきか悩《なや》んでいると──。

「そろそろ、休憩した方がいいんじゃないかな？」

隣《となり》から声が聞こえた。隣を見ると、ケイロン伯爵《はくしゃく》がこちらを見ていた。当然、彼女《かのじょ》──本来ならば彼とするべきなのだろうが、クロノが女として扱っているので彼女とする──も馬に乗っている。

「いえ、もう少し進んでから休憩にしようと思います」

「いいのかい？　皆《みんな》、疲《つか》れているようだけど……」

レイラは肩越《かたご》しに背後を見て、部下の様子を確認した。ケイロン伯爵の言う通り、少し疲れているようだ。

「いえ、もう少し進んでから」

「まあ、指揮官は君だからね。君が進むと言うのなら異論はないさ」

レイラが正面に向き直って言うと、ケイロン伯爵は軽く肩を竦めた。気分を害した様子はない。レイラ達《たち》は街道を進む。しばらくして——。

「君達の仕事はなんだろうね？」

ケイロン伯爵がぽつりと呟いた。

「街道の警備です」

「違う。君達の仕事は治安の維持《いじ》さ。街道の警備はその手段に過ぎないよ」

「……」

レイラは押《お》し黙《だま》った。ケイロン伯爵の意見はもっともだ。だが、やはりもっと進んでから休憩を取るべきではないだろうか。

「敵と戦えるだけの体力を残しておく。その見極《みきわ》めも指揮官には重要さ」

「……」

無言でケイロン伯爵の意見を聞く。そういえばケイン隊長も同じようなことを言っていた。休憩を取る方に天秤《てんびん》が傾《かたむ》き始めているが——。

「そういえば君は親征に同行していなかったね？」

「クロノ様にハシェルに残るよう命じられました」

「クロノは……」

ケイロン伯爵は溜息を吐くように言った。

「君が引き際を誤って死んでしまうと思ったんじゃないかな？」

「――ッ！」

レイラは息を呑んだ。そんなはずない。あの時はミノ副官を連れていかなければならなかった。だから、自分をハシェルに残したのだ。そう言いたかったが、できなかった。本当にそうだろうかと疑念を抱《いだ》いたのだ。

「きっと、そういう所を直して欲《ほ》しいんだろうね」

「……」

その一言で心が決まった。レイラは無言で手を上げた。止まれの合図だ。馬首を巡《めぐ》らせて部下に向き直る。

「ここで休憩とします！」

「「「「「「はッ！」」」」」」

レイラが叫ぶと、部下は大声で返事をして馬から下りた。近くの木に手綱《たづな》を結び付けて休憩に入る。その様子を眺めていると——。

「休まないのかい？」

「——ッ！」

ケイロン伯爵に声を掛けられ、ハッと我に返る。いけないいけない。折角、休憩を取ったのだ。体を休ませなければ。レイラは馬から下り、近くの木に手綱を結び付けた。馬の首筋を撫《な》で、ケイロン伯爵を捜《さが》す。すぐにケイロン伯爵は見つかった。木の根元に座り込《こ》んでいる。レイラは静かに歩み寄った。

「お疲《つか》れ様《さま》です」

「お疲れ様」

そう言って、ケイロン伯爵は手の平で地面を叩《たた》いた。座れということだろう。レイラはケイロン伯爵の傍らに跪いた。

「そんなに畏《かしこ》まらなくていいよ」

「……それでは」

レイラは少し悩んだ末に脚《あし》を崩《くず》した。

「ケイロン伯爵、ありがとうございます。お陰《かげ》で——」

「気にしなくていいさ」

また一つ成長できましたと続けたかったのだが、言葉を遮られてしまった。

「一つ伺《うかが》ってもよろしいでしょうか？」

「ボクに答えられることならね」

「クロノ様は何か仰《おつしや》っていましたか？」

レイラが尋ねると、ケイロン伯爵はきょとんとした顔をした。

「先程、クロノ様がそういう所を直して欲しいと」

「ああ、そのことか。休みたかったから口から出任せを言ったんだよ」

え⁉　とレイラは思わず声を上げた。すると、ケイロン伯爵はくすっと笑った。ちょっとだけムカッとする。こんな形でクロノへの思いを利用されるとは――。

「――ッ！　では、帯同したのも⁉」

「ちょっとハシェルを離《はな》れたくてね」

ケイロン伯爵は軽く肩《かた》を竦《すく》めた。まんまと利用されてしまった。ちょっとだけムッとして睨《にら》み付ける。すると――。

「誤解しないで欲しいんだけど、武術の指南が面倒臭《めんどうくさ》くなったとかではないよ。君達はとてもいい生徒だ」

「では、何故《なぜ》？」

「……皇女殿下《でんか》と決闘《けつとう》をするのが面倒臭くなってね」

ケイロン伯爵は深々と溜息《ためいき》を吐いた。確かに彼女は連日のようにティリア皇女と決闘し

ているが、危《あや》うげなく勝っている。面倒臭くなったと言われても信じられない。

「念のために言っておくけど、皇女殿下は決して弱くないよ」

「……」

レイラは答えなかった。ケイロン伯爵が強いと言うのだから強いのだろう。だが、本当に強いのかという疑念を払拭《ふっしょく》するには至らない。

「本当さ」

「いえ、疑っている訳では……」

「君は正直だね」

ふふ、とケイロン伯爵は笑った。

「繰《く》り返しになるけど、皇女殿下が強いのは本当のことさ。今は皇帝《こうてい》が軍を率いて戦う時代ではないけれど、世が世なら歴史に名を遺《のこ》せただろうね」

レイラは軽く目を見開いた。まさか、ケイロン伯爵がそこまでティリア皇女のことを買っているとは思わなかった。だが——。

「それほどの実力があるのに、どうして皇女殿下は一度も勝てないのでしょう?」

「それはボクが強いからさ」

ケイロン伯爵は当然のように言い放った。答えになっていない。

「冗談《じょうだん》はさておき、皇女殿下が勝てないのは堪《こら》え性《しょう》がないからだよ」

「堪え性？」

「子どもっぽいと言い換《か》えてもいいね。主導権が相手にあると途端《とたん》に落ち着かなくなるのさ。まあ、ボクが煽《あお》っているせいでもあるんだけど……」

なるほど、とレイラは頷いた。危うげなく勝っているように見えたが、実際には高度な駆け引きが存在していたということか。

「あとはそうだね。クロノの愛人と話しておきたかったのさ」

レイラは言葉の意味を理解できずに首を傾《かし》げた。何を言っているのだろうと考え、そういうことかと納得《なっとく》する。ケイロン伯爵はハシェルを離れた理由を言っているのだ。

「私とですか？」

「話す機会が限られているからね」

なるほど、とレイラは頷いた。ケイロン伯爵は侯爵邸《こうしゃくてい》に宿泊《しゅくはく》している。当然、新兵舎で暮らすレイラとの接点は限られてくる。

「ボクに聞きたいことはあるかい？」

「……ありません」

レイラはやや間を置いて答えた。気になることはあるが、聞けば対抗心《たいこうしん》が芽生えるかも知れない。自分は愛人の一人なのだ。弁《わきま》えなければならない。

「ボクとクロノがどんな風に愛し合っているのか興味はないのかい？」

ふふ、とケイロン伯爵は蠱惑的《こわくてき》な笑《え》みを浮かべた。さらに両手で胸を押し上げるような所作をする。レイラはしげしげとケイロン伯爵の胸を眺《なが》めた。

「ボクの胸に何か？」

「いえ、別に……」

レイラはそっと視線を逸《そ》らした。寄せて上げても挟《はさ》めそうにないと思ったが、口にはしない。相手を怒らせる趣味《しゅみ》はないのだ。

「ただ言いたいことはあります」

「へ～、どんな？」

ケイロン伯爵は身を乗り出して尋ねてきた。

「士爵位《ししゃくい》を申請《しんせい》した際にケイロン伯爵が尽力《じんりょく》して下さったと聞いております」

「なんだ、そのことか。恋人《こいびと》の頼みだからね。気にしなくていいよ」

「それでも、ありがとうございます」

「本当に気にしなくていいよ」

ケイロン伯爵は体を起こしてそっぽを向いた。怒らせてしまっただろうか。いや、耳が赤い。照れているのだ。クロノが恋人にするくらいだ。悪い人ではないのだろうが、距離《きょり》感が難しい。自分にはまだまだ課題がありそうだ、とレイラは溜息を吐いた。

※

夕方――レイラ達は侯爵邸の門を潜《くぐ》った。槌《つち》を打つ響《ひび》きはなく、湯気も立ち上っていない。フェイと彼女の弟子《でし》の姿もない。いつもより多めに休憩を取ったせいで帰還《きかん》が遅れたのだ。体力的には余裕《よゆう》がある。だが、いつもと違うことをしたからか。奇妙《きみょう》な居心地の悪さを感じる。自分は本当に正しい選択《せんたく》をしたのだろうか。そんな不安から隣を見ると、ケイロン伯爵と目が合ってしまった。

「どうしたんだい？」

「いえ、何でもありません」

レイラは顔を伏《ふ》せた。

「帰ってくるのが遅《おそ》くなってしまったけど、正しい選択をしたと思うよ」

「――ッ！」

思わず息を呑む。まるで心を読んだかのようだ。ケイロン伯爵がくすっと笑う。未熟さを指摘《してき》された恥《は》ずかしさから体が熱くなる。

「自分、いや、クロノかな？　どっちでもいいんだけど、自分を基準に物事を考えるんじゃなくて、もう少し視野を広げるべきだね。あとはどうすれば部下がパフォーマンスを発揮できるのか考える。それだけで指揮官として成長できると思うよ」

「アドバイス、ありがとうございます。ケイロン伯爵は……」

「何だい？」

「いつもそんなに沢山のことを考えていらっしゃるのですか？」

「まさか、いつもは爺《じい》に任せてるよ」

「……そうですか」

ケイロン伯爵が肩を竦めて言い、レイラは間を置いて頷いた。いつも爺という人物に任せているのならあのアドバイスは何だったのだろうと思わないでもない。もやもやした気分を抱《いだ》きながら手を上げる。止まれの合図だ。馬首を巡らせて部下に向き直り、馬から下りる。リオと部下も後に続く。

「馬を厩舎《きゅうしゃ》に戻《もど》した後、解散して下さい！」

「「「「「「「はッ！」」」」」」」

レイラが声を張り上げると、部下は短く応じた。部下が手綱を引いて厩舎に向かう。全員ではない。二人の騎兵《きへい》が手綱を引いて近づいてきた。一人はレイラ、もう一人はケイロン伯爵のもとに向かう。

「隊長、手綱を……」

「よろしくお願いします」

「お任せ下さい」

騎兵はレイラから手綱を受け取ると歩き出した。やや遅れてもう一人も自身とケイロン伯爵の馬を連れて歩き出す。ん～という声が響く。声のした方を見ると、ケイロン伯爵がストレッチをしていた。

「お疲れ様です」

「お疲れ――」

ケイロン伯爵は最後まで言い切ることができなかった。バンッという音によって声を遮《さえぎ》られたからだ。うんざりしたような表情を浮かべて玄関《げんかん》を見る。すると、そこにはティリア皇女の姿があった。荒々《あらあら》しい足取りで近づいてくる。

「ケイロン伯爵！　勝負だッ！」

「ボクは仕事を終えたばかりで疲れているんだけどね」

ぐぬッ、とティリア皇女が呻《うめ》く。働いていないことを揶揄《やゆ》されたと思ったのだろう。気まずそうに視線を逸らし――。

「とにかく、勝負だ！」

声を張り上げる。どうやら、考えないことにしたようだ。

「ボクは疲れてるんだよ」

「ならば私の勝ちだな。預けておいた夜伽《よとぎ》の順番は返してもらうぞ」

「それで構わないよ」

ティリア皇女が挑発《ちょうはつ》するように言うが、ケイロン伯爵は挑発に乗らなかった。

「何を考えている？」

「何も考えていないよ」

そう言って、ケイロン伯爵は肩を竦めた。だが、何も考えていないという言葉を疑っているのだろう。ティリア皇女は訝《いぶか》しげに眉根《まゆね》を寄せている。

「強《し》いていえば相性《あいしょう》について考えているかな？」

「相性？」

「ボクとクロノは相性がよすぎてね。連日だと体が保たないのさ」

ティリア皇女が鸚鵡《おうむ》返しに呟《つぶや》くと、ケイロン伯爵は溜息交じりに言った。溜息交じりだが、勝ち誇《ほこ》っているかのような響きがある。

「だから、皇女殿下に譲《ゆず》ってあげるよ」

「ぐッ……」

ケイロン伯爵が嫌《いや》みったらしい口調で言い、ティリア皇女は口惜《くや》しげに呻いた。目が忙《せわ》しく動く。夜伽の順番を取るか、プライドを取るか悩んでいるのだろう。

「この勝負は預けておく」

「おや、いいのかい？」

「……プライドを捨てる訳にはいかん」

ケイロン伯爵が面白《おもしろ》がっているかのような口調で尋《たず》ねると、ティリア皇女は地の底から響くような声で答えた。

「そうかい？　まあ、皇女殿下がそこまで仰るなら尊重するしかないね。大変だけど、頑《がん》張《ば》って夜伽を務めるよ」

ボクはこれで、とケイロン伯爵は玄関に向かって歩き出した。擦《す》れ違《ちが》い様《ざま》に軽くティリア皇女の肩を叩く。ぐぎぃッという音が響く。ティリア皇女が歯《は》軋《ぎし》りしたのだ。きょろきょろと足下《あしもと》を見回す。もしかして、石を投げるつもりだろうか。もしそうなら止めなければならない。ケイロン伯爵の姿が侯爵邸に消え、レイラは内心胸を撫で下ろした。よかった。これで喧嘩《けんか》になることはなさそうだ。

ドン、ドンッという音が響く。ティリア皇女が地団駄《じだんだ》を踏《ふ》んでいるのだ。子どもっぽいが、ここまでストレートに感情を露《あら》わにできるのは羨《うらや》ましくもある。気が済んだのだろうか。地団駄を踏むのを止め、こちらに視線を向ける。嫌な予感がした。

「失礼しました」

「待て！　まだ何も言ってないだろ⁉」

ぺこりと頭を下げて立ち去ろうとするが、ティリア皇女に肩を掴まれてしまった。

「お役に立てそうにないので」

「だから、まだ何も言ってないだろ！」

ティリア皇女は声を荒《あら》らげた。

「手を放して下さい」

「その前に話を聞くと約束しろ」

「…………分かりました」

レイラはかなり悩んだ末に頷いた。押し問答になると考えたからだ。ティリア皇女は手を放すと思案するように腕を組んだ。しばらくして口を開く。

「どうすればケイロン伯爵に勝てると思う？」

「……」

諦《あきら》めた方がいいのでは？　と思ったが、口にはしない。ティリア皇女が求めているのは勝つ方法であって、それ以外の方法ではないのだ。

「子ど……」

「こど？　何だ？」

「いえ、何でもありません」

レイラは小さく頭《かぶり》を振《ふ》った。危ない危ない。危うく子どもっぽい性格を直した方がよいのでは？　と口にする所だった。言葉は選ばなければならない。

「今までの決闘を拝見した限り、挑発に乗った所に痛撃《つうげき》を受けているように感じます。なので、挑発に乗らないようにするべきではないでしょうか？」

「……」

よし、上手《うま》く言えた。思わず拳を握《にぎ》り締《し》める。だが、ティリア皇女はお気《き》に召《め》さなかったようだ。苦虫を噛《か》み潰《つぶ》したような顔をしている。

「何か？」

「私が聞きたいのはそういうことじゃないんだ」

「では、何でしょう？」

「ケイロン伯爵の弱点だ」

ティリア皇女は臆面《おくめん》もなく言い放った。

「何だ、その顔は？」

「それは、その……。卑怯《ひきょう》なのでは？」

「何を言うかと思えば」

ティリア皇女はふっと笑った。

「勝てばいいんだ、勝てば」

「そうですか」

だったら、どうしてさっきはプライドを優先したのだろう。いや、止《よ》そう。レイラに理解できないだけでティリア皇女の中では筋が通っているのだ。

「それで、ケイロン伯爵の弱点は何処《どこ》だと思う？」

「何処と言われても……」

レイラは口籠《くちご》もった。ケイロン伯爵は腕が立つ上、神威術《しんいじゅつ》まで使える。それだけではなく広い視野に立って物事を考えることができる。となると――。

「弱点はないのでは？」

「それじゃ困るんだ」

はあ、とレイラは頷《うなず》いた。困ると言われても困る。

「私はどうしてもケイロン伯爵に勝ちたいんだ」

「でしたら挑発に乗らないようにしなくては」

「私に堪《こら》えろと？」

はい、とレイラは頷いた。納得いかないのだろう。ティリア皇女は渋《しぶ》い顔をしている。

「だが、負けたら堪え損じゃないか」

「それは、まあ、そうですが……」

「よし、こうしよう」

そう言って、ティリア皇女は手を打ち鳴らした。

「私は勝つために訓練をし、お前はケイロン伯爵の弱点を探《さぐ》る。これでいこう」

「何故、私が？」

「まさか、見捨てるつもりか⁉」

レイラが理由を尋ねると、ティリア皇女はぎょっとこちらを見た。見捨てるも何も協力する約束はしていない。だが、断ったら何だか面倒臭いことになりそうだ。

「分かりました。できる限り協力します」

「よくぞ言ってくれた。では、頼んだぞ」

「……はい」

ティリア皇女が踵《きびす》を返して侯爵邸に向かう。レイラはがっくりと肩を落とした。折角《せっかく》、体力を温存したのにこんな所で浪費《ろうひ》するとは思わなかった。

※

夜――。

「ケフェウス帝国《ていこく》は初代皇帝の時代に宗教勢力が政治に関《かか》わることを禁じましたが、神聖アルゴ王国は宗教を利用することで国王の権威《けんい》を高めました。しかし、これによって神聖アルゴ王国は王室と宗教勢力の対立という問題を抱《かか》えることになり、皆さんもご存じの王室派によるエラキス侯爵領侵攻《こうしゃくしんこう》――」

「はいはい、質問みたいな！」

ワイズマン教師の声を遮り、元気な声が響く。授業の進行を妨《さまた》げられたにもかかわらず彼《かれ》の表情は柔《やわ》らかい。その表情から質問を歓迎《かんげい》していると分かる。

「どうぞ、アリデッド君」

「ケフェウス帝国と神聖アルゴ王国の成り立ちが違《ちが》うのは分かったみたいな。けど、それってどっちが優《すぐ》れてるのみたいな？」

「いい質問ですね。皆さんはどう思いますか？」

そう言って、ワイズマン教師は視線を巡らせた。最初に口を開いたのはミノだった。

「あっしはケフェウス帝国が優れていると思いやす。親征で神祇官《しんぎかん》ってヤツが兵士を無駄《むだ》死《じ》にさせる所を見ちまったもんで」

「ミノ君は自身の体験からそう考えたということですね」

ワイズマン教師は穏《おだ》やかな口調で言い、視線を傾けた。視線の先には予備教育を終えたばかりのタイガとナスルがいる。

「タイガ君とナスル君は実際に対峙《たいじ》してどう感じましたか？」

「そうでござるな。平時や戦場での指揮においてはケフェウス帝国が勝っているように感じるでござる。しかし、神聖アルゴ王国は初戦で手痛い損害を受けながらすぐに兵士を補《ほ》充《じゅう》したでござる。この、何といえばいいのか、スピード感というべきものは帝国には真似《まね》できないものでござる」

「俺《おれ》も同意見だ」

「でも、補充された兵士は超弱《ちょうよわ》かったし」

タイガの意見にナスルが同意する。すると、アリデッドが異を唱えた。ナスルが考《かんが》え込むような素振《そぶ》りを見せた後で口を開いた。

「確かに補充された兵士は弱かった。だが、俺達《おれたち》はそんな弱い兵士に対処するために矢のみならず体力まで消費した。国土を守るという戦いにおいては神聖アルゴ王国の方が優れている点があると思う。まあ、最初からイグニス将軍が指揮を執《と》っていれば兵士を補充する必要はなかったと思うが……」

「タイガ殿《どの》とナスル殿の意見はもっともであります。しかし、利点を上手く活《い》かせなかった点を考えるとケフェウス帝国の方が優れていると思うであります」

「「俺も、俺も」」

フェイが神妙《しんみょう》な面持《おもも》ちで言うと、シロとハイイロが追従した。

「デネブ君はどう思いますか？」

「む～、あたしはちょっと悩んじゃうし」

「デネブ！　あたしらがどんな目に遭《あ》ったのか忘れたのみたいな⁉」

ワイズマン教師の問いかけにデネブがごにょごにょと答える。すると、アリデッドが声を荒らげた。

「忘れてないし。でも、初代皇帝は明らかにやり過ぎだし」

「む、まあ、それは確かに……」

デネブが拗《す》ねたような口調で言うと、アリデッドは口籠もった。

「レイラ君はどう思いますか？」

「……はい、現状を鑑《かんが》みるとケフェウス帝国の方が優れているのではないでしょうか」

レイラは少し悩んだ末に答えた。ケフェウス帝国にも問題はあるが、神聖アルゴ王国に比べればまだマシという気がする。

「ケイン殿、ケイン殿はどう思うでありますか？」

突然《とつぜん》、隣——通路を挟んだ隣の席から声が聞こえた。フェイの声だ。視線を横に向けると、フェイが手の甲でケインの二《に》の腕《うで》を叩いていた。

「どっちが優れてるとかないんじゃねーの？」

「それでも、帝国の騎士《きし》でありますか⁉」

「俺は帝国の騎士じゃねーよ」

フェイが声を荒らげ、ケインは突《つ》っ込《こ》みを入れた。

「愛国心を欠いているであります！」

「愛国心って……」

ケインが渋い顔をした。当然か。ケインの両親は税の軽減を領主に訴《うった》えようとして殺されたのだ。その後、妹も死んだと聞く。愛国心など芽生える訳がない。

「フェイ君。落ち着いて下さい」

「はーいであります」

ワイズマン教師が優《やさ》しく声を掛《か》けると、フェイは居住まいを正した。

「どちらの制度が優れているかですが……。現時点ではケフェウス帝国の方が現状に合っていると言えます」

「ほら！　ケフェウス帝国が優れているでありますよッ！」

フェイがまたケインの二の腕を叩く。バシバシッと痛そうな音が響く。

「話は最後まで聞けよ。先生は『現時点では』って言ったんだぞ？」

「現時点で優れていればＯＫであります！」

「お前な」

フェイが拳《こぶし》を握り締めて言うと、ケインはうんざりしたように言った。二人の遣《や》り取《と》りが面白かったのだろう。はは、とワイズマン教師が笑う。

「確かに今はケフェウス帝国の方が優れているように見えますが、時代を遡《さかのぼ》るとまた評価が違ってきます」

「どういうことでありますか？」

フェイが神妙な面持ちで言い、レイラは居住まいを正した。

「ケフェウス帝国では二代目皇帝が即位《そくい》した際に大規模な内乱が起きています。対して神聖アルゴ王国では権力争いこそあったものの、内乱は起きていません」

「何故でありますか？」

「何故だと思いますか？」

フェイが首を傾げるが、ワイズマン教師は答えを口にしなかった。柔らかな笑みを浮《う》かべて問い返すのみだ。教室がざわつく。何故だろう。レイラは自問し、あることに気付いた。ケインに視線を向けると、彼はニヤリと笑った。レイラとケインの遣り取りに気付いたのだろう。ワイズマン教師がレイラに視線を向ける。

「レイラ君はどう思いますか？」

「はい、それは……。皇帝の権威が確立されていなかったからではないでしょうか？」

沈黙《ちんもく》が舞《ま》い降《お》りる。居心地《いごこち》の悪い沈黙だ。だが、それも数秒のことだ。ワイズマン教師が静かに口を開く。

「その通りです。不敬と思われるかも知れませんが、一国の王――我《わ》が国《くに》の場合は皇帝ですが、一国の王となるには説得力が必要になります。我が国では王権は神によって与《あた》えられたものという理屈《りくつ》が使えなかったため皇位を継承《けいしょう》する際に少なくない問題が起きていきます。もちろん、それだけではありませんが……」

ワイズマン先生が困ったように笑ったその時、ふぁ～という音が響いた。肩越しに背後を見ると、アリデッドが大欠伸《おおあくび》をしていた。ワイズマン先生は笑みを深め——。

「明日は叙爵式《じょしゃくしき》なので授業はこれまでにしておきましょう」

「起立！」

ミノが声を張り上げ、レイラは立ち上がった。皆も立ち上がったのだろう。ガタガタという音が響く。ややあって、ミノが再び声を張り上げた。

「ワイズマン先生に礼！」

ミノの声に合わせてレイラ達は頭を下げた。レイラ達が顔を上げると、ワイズマン教師がゆっくりと頭を下げた。顔を上げ——。

「今日も一日お疲れ様でした。先程《さきほど》も申し上げましたが、明日は叙爵式です。遅刻《ちこく》せずにこの教室に集まって下さい」

それでは、とワイズマン教師はぺこりと頭を下げて教室を出て行った。教室の空気が一気に緩《ゆる》み、ガタガタという音が響く。イスが動く音だ。レイラは席に座《すわ》り、インク壺《つぼ》の蓋《ふた》を閉め、羽根ペンをケースにしまった。

「あ〜、今日も疲れたし。トニオの店に寄ってかないみたいな？」

「さっきワイズマン先生に注意されたばかりだし」

「いい子ぶって。本当はお酒を飲みたいくせにみたいな」

「それはちょっとあるかも知れないみたいな」

「じゃあ、決まりだし！　タイガとナスルも行くみたいな？」

アリデッドが手を打ち鳴らし、タイガとナスルに問いかけた。

「拙者《せっしゃ》は帰って休むでござるよ」

「俺もだ」

「付き合いが悪いし。シロとハイイロはどうみたいな？」

「俺、帰る。言いつけ、守る」

「俺も」

「ちッ、いい子ちゃんばかりだし」

ガタッという音が響く。ミノが立ち上がった音だ。彼は長机に寄り掛かった。

「アリデッド、明日は晴れ舞台《ぶたい》だぞ。今夜くらい大人しくしとけ」

「ちぇッ、分かったし」

逆らうかと思いきや、アリデッドはミノに従った。

「お姉ちゃんが従うなんて明日は雷雨《らいう》かもみたいな」

「あたしだってＴＰＯは弁《わきま》えるみたいな」

ＴＰＯを弁えていたらお酒を飲みに行くという発想は出ないのでは？　と思ったが、口にはしない。世の中には口にしない方がいいこともあるのだ。

「いよいよ、叙爵式でありますね」

「寝坊《ねぼう》するなよ？」

「たとえ寝坊しても起こしてもらえるので心配無用であります」

ケインが釘《くぎ》を刺《さ》すと、フェイは胸を張って言った。

「ところで、ケイン殿はどうするのでありますか？」

「俺も参加することになってる」

「――ッ！」

ケインがぼりぼりと頭を掻《か》きながら言う。すると、フェイはぎょっと彼を見た。

「ケイン殿も士爵位を？」

「そんな訳ねーだろ」

「そうでありますよね」

フェイが胸を撫で下ろす。多分、ケインが士爵位を得たら出世の目がなくなると考えたのだろう。

「しかし、どうしてケイン殿が参加するのでありますか？」

「お前だって参加するだろ？」

「私は演出係であります」

フェイは胸に手を当て、鼻息も荒く言い放った。演出係といえばティリア皇女も参加することになっていた。ケイロン伯爵《はくしゃく》もだ。

「それで、どうしてケイン殿が？」

「俺は騎兵隊長《きへいたいちょう》だからな。参加してもらわないと困るって理屈らしい。俺だけじゃなくて女将《おかみ》やエレナ、シッター殿にシオン殿、ケイロン伯爵とハマル子爵《ししゃく》も参加するそうだ。あと傭兵《ようへい》ギルドのギルドマスターもな」

「セシリー殿は来るのでありますかね？」

「さあ？」

「『さあ？』じゃ困るであります、『さあ？』じゃ！」

「だったらクロノ様に聞けよ」

「そうするであります！」

ケインがうんざりしたように言うと、フェイは立ち上がった。そのまま教室を飛び出すかと思いきや、イスに座り直す。

「クロノ様の所に行かねーのか？」

「今から行ってもどうにもならないであります」

「そりゃそうだ」

「もしかしたら、もうハシェルに来ているかも知れないであります。客人を追い返すのは失礼に当たるであります。たとえ、それがセシリー殿であっても」

フェイは俯《うつむ》くと地の底から響くような声で言った。よほど嫌な目に遭ったようだ。レイラは筆記用具を鞄《かばん》にしまい、立ち上がった。

「お先に失礼します」

「おう、お疲《つか》れさん」

「お疲れ様だし」

「またな」

「お疲れ様であります」

「レイラ、お疲れ」

「お疲れ様でござる」

「しっかり休め」

レイラが挨拶《あいさつ》をすると、挨拶が帰ってきた。そして、それが切っ掛けになったかのように皆《みんな》がばたばたと動き出した。

※

レイラは扉《とびら》の前で立ち止まった。クロノの部屋の扉だ。扉の隙間《すきま》から明かりが漏《も》れているので、まだ起きているようだ。扉を叩《たた》こうとして動きを止める。ワイズマン先生の言葉を思い出したのだ。かなり悩《なや》んだ末に扉を叩く。自分が夜伽をしなくても別の誰《だれ》かが夜伽をする。どちらにしてもクロノの負担が変わらないのなら自分が夜伽を務めたいと考えたのだ。しばらくして——。

「どうぞ！」

クロノの声が響いた。

「失礼します」

「……お疲れ様《さま》」

レイラが部屋に入ると、クロノがイスに座ってこちらを見ていた。後ろ手に扉を閉め、クロノに歩み寄り——。

「鞄はここに置いてもよろしいでしょうか？」

「どうぞどうぞ」

「ありがとうございます」

レイラは礼を言って、壁際《かべ》に置かれたイスに鞄を載《の》せた。ベッドに腰《こし》を下ろし、溜息《ためいき》を吐《つ》く。何だか疲れた。

「お疲れですか？」

「――ッ！　いえ、疲れていません！」

クロノに声を掛けられ、レイラは首を横に振った。

「リオから聞いてるよ。街道《かいどう》の警備を頑張ってくれたんだって？」

「……当たり前のことをしただけです」

何と答えるべきか少しだけ悩んだ末に答える。答えた後でもっとマイルドな表現にすべきだったかと後悔《こうかい》の念が湧《わ》き上がる。

「マッサージなんて、どうでしょう？」

「喜んで。では、横になって下さい」

「いや、そうじゃなくて」

レイラが立ち上がって言うと、クロノは手を左右に振った。

「僕《ぼく》がレイラをマッサージします」

「クロノ様にそんなことさせられません」

「いいからいいから」

マッサージを断るが、クロノは取り合ってくれなかった。どうすればと自問するが、クロノのことだ。レイラが頷くまで『いいからいいから』や『どうぞどうぞ』を繰《く》り返すに違いない。

「それでは、よろしくお願いいたします」

「どうぞ、ベッドに横になって下さい」

レイラは軍服に手を掛けた。軍服を脱《ぬ》ぎ、丁寧《ていねい》に畳《たた》んでサイドテーブルの上に置く。すると、クロノがイスから立ち上がった。何処《どこ》から取り出したのか、籠《かご》を持っている。クロノがレイラの軍服を籠に入れようとし――。

「クロノ様！」

「――ッ！」

大きめの声で名前を呼ぶ。すると、クロノはびくっと体を強《こわ》ばらせた。しまった。もっと小さな声にするべきだった。再び後悔の念が押《お》し寄せる。だが、今は後悔している時ではない。歩み寄り、籠に触《ふ》れる。

「私がやります。どうすればよろしいでしょうか？」

「軍服を籠に入れて廊下《ろうか》に置いて。アリッサが回収する手筈《てはず》になってるから」

「分かりました」

レイラはクロノから受け取った籠に軍服を入れると踵を返して扉に向かった。扉を開け、廊下の様子を窺《うかが》う。よかった。誰もいない。籠を廊下に置いて扉を閉める。振り返ると、クロノがベッドの縁《ふち》に座っていた。レイラは静かに息を吐き、ベッドに歩み寄る。本当にマッサージをさせてもいいのだろうか。そんな思いが湧き上がる。だが、これはクロノの望みなのだと言い聞かせてベッドに横たわる。

「ど、どうぞ」

「それでは失礼します」

レイラが上擦《うわず》った声で言うと、クロノが跨《また》がってきた。マッサージをしてもらうだけなのにドキドキする。ん、と声を上げる。クロノが親指で腰——背骨の横を押したのだ。ぐっ、ぐっと親指で押してくる。最初はドキドキしたが、マッサージを受けている内に体がぽかぽかと温かくなってきた。クロノ様にマッサージをさせるなんてとんでもない。そう思っていたが、癖《くせ》になりそうだ。

ん、とレイラは再び声を上げた。いつの間にかクロノが腰ではなく、お尻《しり》をマッサージしていたのだ。いや、これはマッサージではない。愛撫《あいぶ》だ。恐《おそ》らく、最初からお尻を愛撫するつもりだったのだろう。言ってくれればいいのにと思わないでもない。だが、クロノなりの思惑《おもわく》があるのだろう。それが何なのかまでは分からないが、クロノはレイラのお尻を揉《も》む、揉む、揉み続け——。

「クロノ様、飽《あ》きませんか？」

「——ッ！」

クロノは動きを止め、レイラから下りた。何事かと思って振り返ると、クロノが神妙な面持ちで正座していた。しばらく黙《だま》り込《こ》んでいたが、おずおずと口を開く。

「レイラさんはマンネリを感じていましたか？」

「い、いえ、そういう意味ではなく」

レイラは体を起こし、クロノと向き合うようにして座った。お尻を揉んでいるだけでいいのか知りたかっただけなのだが、予想外の反応だ。

「こう、優しくした方が、いや、嫌《きら》われたくなくてマイルドにしていたんですけど、やっぱりワイルドな方がいいですか？」

「いえ、だから、そういう意味ではなく」

「どういう意味でしょう？」

「お尻ばかり揉んでいて飽きませんか？　という意味です」

「飽きません」

クロノは即答《そくとう》した。

「柔らかく、適度に弾力《だんりょく》があり、とても癒《い》やされます」

「そ、そうですか」

レイラは頬《ほお》が熱くなるのを感じながら頷いた。

「マッサージを続けてもよろしいでしょうか？」

「は、はい、お願いします」

レイラが横になると、クロノが跨がってきた。再びお尻を揉み始める。

「癒やされる～」

「クロノ様が……。いえ、何でもありません」

クロノ様が私のお尻で癒やされて下さって嬉《うれ》しいですと言いたかったのだが、口にできなかった。何故《なぜ》だろう。そんなことを考えていると、お尻に冷たい感触《かんしょく》が触れた。ショーツを下ろされたのだ。クロノが元気になった自身を擦り付け始める。最初は我慢《がまん》していたが、堪《たま》らず声が漏れる。不意にクロノが動きを止め——。

「よろしいでしょうか？」

「は、はい、どうぞ」

我ながら間の抜《ぬ》けた返事だと思ったが、クロノは気にならなかったようだ。濡《ぬ》れているそれをぐっと突き入れた。

※

朝──レイラは小鳥の囀《さえず》りで目を覚ました。隣《となり》を見ると、クロノが安らかな寝息《ねいき》を立てて眠《ねむ》っていた。そのことに深い満足感を覚える。もう少し寝顔《ねがお》を見ていたかったが、そうもいかない。そっとベッドから抜け出してガウンに袖《そで》を通し、小さな洗濯籠《せんたくかご》に下着を入れて部屋を出る。

人気のない廊下を通り、脱衣所《だついじょ》から少し離《はな》れた場所で足を止める。脱衣所の前にアリッサが立っていたのだ。何かあったのだろうか。訝りながら歩み寄ると、アリッサがこちらを見た。深々と頭を垂れる。

「レイラ様、おはようございます」

「おはようございます。何かあったのでしょうか？」

「はい、お伝えしたいことがあり、失礼ながらこちらで待たせて頂きました」

レイラが背筋を伸《の》ばすと、アリッサは静かに口を開いた。

「お着替《きが》えについてですが、旦那様《だんなさま》と朝食をご一緒《いっしょ》されるかと思い、こちらで服を用意させて頂きました。お手数ですが、朝食を終えた後、軍服に着替《きか》えて頂きたく存じます」

「ありがとうございます」

「晴れの舞台ですから。それでは、失礼いたします」

アリッサは小さく微笑《ほほえ》み、その場を立ち去った。教官殿——マイラのようにと考えていた時期もあったが、やはり自分が目指すべきはアリッサのような有能かつ控《ひか》えめなメイドではないかという気がする。

旦那様、と呟いてみる。いい言葉だと思う。この言葉を夜伽の時だけではなく、日常的に使えるのだ。それだけでも目指す価値がある。そんなことを考え、頭を振る。いけないいけない。今は湯浴《ゆあ》みが先だ。

レイラは脱衣所に入り、床《ゆか》に洗濯籠を置いた。ガウンを脱ぎ、身を震《ふる》わせる。もう冬ということだろう。ガウンを一枚脱いだだけなのに随分《ずいぶん》寒く感じる。

ガウンを洗濯籠に入れ、浴室に向かおうとして足を止める。用意された着替えが気になったのだ。歩み寄って着替えを手に取る。それはメイド服だった。まあ、当然か。私服は新兵舎の自室にあるし、アリッサの裁量で用意できる服は限られている。普通《ふつう》のメイド服を着るチャンスをもらったと考えることにしよう。

着替えを元《もと》に戻し、今度こそ浴室に向かう。浴室の扉を開けると、湯気が押し寄せてきた。中に入り、浴槽《よくそう》の傍《かたわ》らに跪《ひざまず》いて掛け湯をする。お湯の温度は高めだ。肌《はだ》がぴりっとす

る。何度か掛け湯をした後でそっと浴槽に入り――。

「……旦那様」

レイラはぽつりと呟《つぶや》いた。やはり、いい言葉だ。

※

レイラは湯浴みを終えるとメイド服に着替えて食堂に向かった。階段を下り、エントランスホールに入る。すると、シェイナを始めとするメイドが叙爵式の準備をしていた。中央にある階段の踊《おど》り場《ば》には長机が設置され、階段を下りた所には三方を塞《ふさ》ぐようにイスが並べられている。恐らく、正面のイスにレイラ達《たち》が、左右のイスに関係者と来賓《らいひん》が座るのだろう。さらに四方に台座が設置されている。何が置かれるのか気になったが、邪魔《じゃま》をするのも悪い。エントランスホールを後にする。

長い通路を抜け、食堂に入る。すると、ティリア皇女が席に着いていた。叙爵式では別の衣装を着るのか。軍服を着ている。レイラは足を止め、ちょっとだけ悩んだ末に側面の席に座った。

「おはようございます」

「……うむ、おはよう」

レイラが挨拶をすると、ティリア皇女はやや間を置いて挨拶を返してきた。何故、メイド服を着ているのか聞かれると思ったが、何も言われなかった。言葉を交《か》わすでもなくイスに座っていると、ティリア皇女が食堂の入り口に視線を向けた。レイラも食堂の入り口を見る。すると、サルドメリク子爵とスーが入ってくる所だった。二人ともネグリジェ姿だ。二人はティリア皇女の対面の席を避《さ》けるように座った。

「どうして、ネグリジェ姿なんだ？」

「……軍服を汚《よご》さないため」

ティリア皇女の問いかけにサルドメリク子爵が答える。

「普段着《ふだんぎ》でいいじゃないか」

「……持っていない」

「おれ、ルー族、誇《ほこ》り、守る。服、いらない」

サルドメリク子爵がぼそっと呟き、スーが胸を張って答える。ああ、とティリア皇女が声を上げ、レイラに視線を向ける。

「それでメイド服だったのか」

「……皇女殿下《でんか》は察しが悪い」

「はいはい、朝っぱらから喧嘩《けんか》してるんじゃないよ！」

サルドメリク子爵の言葉にティリア皇女が声を荒《あら》らげる。だが、喧嘩に発展することはなかった。女将が声を張り上げたのだ。

女将はテーブルまでやって来ると料理を並べ始めた。

「ったく、叙爵式で忙《いそが》しいんだからちったぁ大人しくしとくれよ」

「どうして、お前が忙しいんだ？」

「そりゃ、人手が足りないからだよ」

ティリア皇女が拗ねたように言うと、女将はムッとしたように言い返した。腰に手を当て、やや前傾《ぜんけい》になっている。

「手伝います」

「催促《さいそく》しちまったみたいで悪いね」

レイラが立ち上がって言うと、女将は困ったような表情を浮かべた。そして、ティリア皇女に視線を向ける。

「それに比べて……」

「ぐッ、いつも同じことばかり言って。それしか言えないのか」

「何だと⁉」

女将が溜息交じりに言うと、ティリア皇女は顔を顰《しか》めた。

「それじゃ嫁《よめ》にいきそびれるよ」

「ふん、何を言うかと思えば。私はクロノのお嫁さんだぞ」

「名ばかりのお嫁さんじゃなけりゃいいけどね」

「何だと⁉」

ティリア皇女が声を荒らげるが、女将は何処吹《どこふ》く風《かぜ》だ。

「口惜《くや》しかったら料理の一つも作ってみな」

女将は挑発《ちょうはつ》するように言って踵を返した。厨房《ちゅうぼう》に向かって歩き出し、レイラは慌《あわ》てて後を追った。

※

昼――レイラはメイド服を脱ぎ、軍服に袖を通した。汚れが落ちているのみならず痛んでいた箇所《かしょ》が修繕《しゅうぜん》されている。さらにいい香《かお》りがする。上級貴族や有力な商人は衣類に香《こう》を焚《た》き染《し》めることがあると聞いたことがあるが、恐らくそれだろう。軍服一つとってもクロノがどれだけ叙爵式を大切に考えているかが分かる。メイド服を丁寧に畳み、化粧台《けしょうだい》の鏡を覗《のぞ》き込む。軍服はもちろん、髪型《かみがた》も問題ない。

部屋を出ると、メイドが目の前を通り過ぎる所だった。かなり急いでいるのだろう。小走りに近いスピードだ。レイラは控《ひか》え室《しつ》――教室に向かう。叙爵式で忙しいという女将の言葉は事実だったらしくメイド達が忙しそうに駆《か》け回っている。にもかかわらず何処から穏やかな音色が流れてくる。そのアンバランスさに笑《え》みがこぼれる。

この分だとエントランスホールを通らない方がよさそうだ。そう考えて使用人用の階段で一階に下り、教室に入る。

「おはようございます」

「おう、おはよう」

「おはようですぞ。今日はいい天気ですな」

「「レイラ、おはよう」」

「おはようでござる」

「ああ、おはよう」

レイラが挨拶をすると、教室にいた六人――ミノ、ゴルディ、シロ、ハイイロ、タイガ、ナスルが挨拶を返してきた。当たり前といえば当たり前だが、皆の軍服も見事に修繕が施《ほどこ》されている。レイラはいつも授業で座っている席に向かい、足を止めた。軍服を汚してしまったら。そんな不安が湧き上がってきたのだ。少し悩んだ末にイスに浅く腰を掛ける。沈黙が舞い降りる。やはり、何処《どこ》からか穏やかな音色が流れてくる。だというのにどうも落ち着かない。

皆は——、と視線を巡《めぐ》らせる。ミノ達も落ち着かないらしく体を揺《ゆ》すっている。本を読んで気を紛《まぎ》らわせよう。立ち上がり、本棚《ほんだな》から適当に本を選んで席に戻る。本を開いて文字を追うが、ちっとも頭に入ってこない。本を読むのは止めよう。イスから立ち上がり、本を元の場所に戻す。

ふと天井《てんじょう》を見上げる。いつの間にか音色が止まっている。いよいよ、叙爵式が始まるのだろうか。だが、アリデッドとデネブがまだ来ていない。何処をほっつき歩いているのだろうと考えたその時、バタバタという音が聞こえた。しばらくして——。

「間に合ったみたいな！」

「危《あや》うく遅刻する所だったし！」

アリデッドとデネブが教室に飛び込んできた。そのまま空いている席に座る。いや、突っ伏《ぷ》す。何処から走ってきたのか呼吸が荒い。そして、二人の呼吸が落ち着く間もなく教室の扉が開いた。扉を開けたのは元同僚《どうりょう》のシェイナだ。

「会場にご案内します」

「ちょ、ちょっと待って欲《ほ》しいみたいな」

「走りすぎて脇腹《わきばら》が痛いし」

「会場にご案内します」

アリデッドとデネブが脇腹を押さえながら言うが、シェイナは取り合わなかった。二人が渋々《しぶしぶ》という感じで立ち上がると、ガタガタという音が響《ひび》いた。ミノ達が立ち上がる音だ。

「では、ミノ副官、ゴルディ百人隊長、シロ百人隊長、ハイイロ百人隊長、アリデッド百人隊長、デネブ百人隊長、タイガ百人隊長、ナスル百人隊長、レイラ百人隊長の順で付いてきて下さい」

シェイナの言葉に従い、レイラ達は列を成した。シェイナが踵《きびす》を返して歩き出し、その後に続く。しばらく無言で進み、シェイナが口を開いた。

「案内するのはエントランスホールの入り口までですので、そこから先はミノ副官を先頭に進んで下さい」

通路の終わり――エントランスホールの入り口が見えてきた。エントランスホールまであと数メートルという所でシェイナが歩調を早め、壁際に移動した。そのまま進んでエントランスホールに入る。すると、ミノがびくっと体を震わせた。

何故、体を震わせたのだろう？　と疑問が湧き上がる。だが、疑問はすぐに解けた。ミノの家族——ハツ、タケ、アリアがいたのだ。豪奢《ごうしゃ》な衣装に身を包み、奥《おく》——階段の左側の席に座っている。そこにはケイロン伯爵、サルドメリク士爵、シオン、ニコラ、エレイン、そして二人の男性の姿もあった。どちらも見知らぬ人物だ。一方は白い軍服を着ていることからハマル子爵だと推測できる。とすると、もう一方——頬に刺青《いれずみ》を入れた人物は傭兵ギルドのギルドマスターだろう。ちなみにシオンはドレスを身に纏《まと》っていた。露出《ろしゅつ》は控えめだが、この場に相応《ふさわ》しい装いだ。

ミノに先導され、レイラ達は階段正面の席に辿《たど》り付いた。アリデッドとデネブが着席するが、号令が掛かっていないことに気付いたのだろう。慌てた様子で立ち上がる。レイラは正面を向いたまま視線を巡らせた。階段の右手側にはティリア皇女、シッター、ワイズマン教師、ケイン、フェイ、女将、エレナ、スーの姿があった。スーはいつもと変わらぬ格好だが、ティリア皇女と女将、エレナはドレスを身に纏っている。

不意に視界が翳《かげ》る。反射的に天井を見上げると、闇《やみ》が降りてくる所だった。フェイの神威術だろう。程《ほど》なく視界が闇に閉ざされ、四方から音楽が流れてきた。荘厳《そうごん》で、それでいて何処か物悲しい音色だ。ふと台座のことを思い出す。恐らく、あの上には通信用マジックアイテムが置かれたのだろう。それで演奏をエントランスホールに届けているのだ。

しばらくして光が降り注ぎ、最初にレイラ達を、次にティリア皇女達を、最後に階段の踊り場——クロノの姿を浮かび上がらせる。クロノの傍らには長机があり、その向こうにはドレス姿のアリッサが立っていた。

「まず、レオ、ホルス、リザド——そして、志半ばで散った戦友に黙祷《もくとう》を」

クロノの声が響く。恐らく神威術で声量を増幅《ぞうふく》しているのだろう。穏《おだ》やかな口調にもかかわらず、声がエントランスホール全体に響き渡《わた》る。

「黙祷」

クロノが厳《おごそ》かに告げ、レイラは目を閉じた。どれくらい目を閉じていただろうか。再び号令が響く。

「着席」

号令に従い、レイラ達は席に着いた。

「これより叙爵式を始めます」

クロノが開会を宣言する。すると、光の道がクロノとレイラ達を結ぶように浮かび上がった。光の道を進めということだろう。

「副官ミノ、前へ」

「はッ！」

クロノに名前を呼ばれ、ミノが立ち上がった。敬礼して足を踏《ふ》み出す。光の道を通り、クロノのもとに向かう。階段の前で立ち止まり、一段また一段と階段を登り、クロノの前で跪いた。アリッサが羊皮紙をクロノに手渡《てわた》す。

「副官ミノ。帝国暦《ていこくれき》四三〇年五月エラキス侯爵《こうしゃく》領にて指揮官クロノをよく補佐《ほさ》し、神聖アルゴ王国軍の撃退《げきたい》に貢献す。帝国暦四三一年一月親征にて指揮官クロノをよく補佐し、本隊撤退《てったい》時に殿軍《でんぐん》として敵の追撃《ついげき》を阻《はば》む。その功績を認め、士爵位《ししゃくい》を授《さず》ける」

「はッ、ありがたき幸せ！」

クロノが羊皮紙を差し出すと、ミノは恭《うやうや》しく受け取った。立ち上がろうと膝《ひざ》に力を込めた次の瞬間《しゅんかん》、クロノが口を開いた。

「ミノさん、配属当時から支えてくれてありがとう。初陣《ういじん》から厳しい戦いばかりだけど、ミノさんのお陰《かげ》で何とか乗り切れたよ。これからも僕を支えてくれると嬉しいな」

「……もちろんですぜ。これからも支えさせて頂きやす」

クロノが優しく声を掛けると、ミノは肩《かた》を震わせて言った。静かに立ち上がり、踵を返して戻ってくる。目が潤《うる》んでいるように見えるのは気のせいではないだろう。ミノが席に着き、クロノが口を開く。

「百人隊長ゴルディ、前に」

「はッ！」

ゴルディは立ち上がると光の道を通ってクロノのもとに向かった。階段を登り、クロノの前で跪く。

「百人隊長ゴルディ。帝国暦四三〇年五月エラキス侯爵領にて神聖アルゴ王国軍の撃退に貢献《こうけん》す。その功績を認め、士爵位を授ける」

「はッ、ありがたき幸せ！」

クロノが差し出した羊皮紙をゴルディは受け取った。そのままクロノの言葉を待つ。

「ゴルディ、いつもありがとう。ゴルディが作ってくれた武器や防具のお陰で皆が助かってる。もちろん、僕もね。技術開発で無茶《むちゃ》ぶりをしてるけど、これからもよろしくね」

「無茶ぶりなんてとんでもありませんぞ！　私を引き立ててくれたクロノ様のためにも職人として、そして工房《こうぼう》長として全力を尽《つ》くしますぞ！」

そう言って、ゴルディは立ち上がると踵を返した。興奮した面持《おもも》ちで目がキラキラと輝《かがや》いている。ゴルディが席に着き、クロノがシロに視線を向ける。

「百人隊長シロ、前に」

「はッ！」

シロが立ち上がり、クロノのもとに向かう。尻尾《しっぽ》が揺れ、アリデッドとデネブが笑いを堪《こら》えるように手で口元を覆《おお》った。シロが跪き、クロノが羊皮紙の内容を読み上げる。

「百人隊長シロ。帝国暦四三〇年五月エラキス侯爵領にて神聖アルゴ王国軍の撃退に貢献す。その功績を認め、士爵位を授ける」

「俺《おれ》、嬉しい！」

シロは尻尾を振《ふ》りながら羊皮紙を受け取った。さらにクロノの言葉を待つ。

「シロ、いつも街の警備をありがとう。真面目《まじめ》に仕事をしてくれるお陰でハシェルの治安もよくなったし、安心して視察に行ける。これからも頑張《がんば》ってね」

「俺！　頑張るッ！」

クロノが優《やさ》しく声を掛《か》けると、シロは激しく尻尾を振った。尻尾が千切れるんじゃないかという激しさだ。立ち上がり、尚《なお》も激しく尻尾を振りながら自分の席に戻る。

「百人隊長ハイイロ、前に」

「はッ！」

ハイイロが勢いよく立ち上がる。尻尾は揺れていない。揺れないように手で押さえている。ぷッという音が響く。アリデッドとデネブが堪《こら》えきれなくなって噴《ふ》き出したのだ。ハイイロが階段を登り、クロノの足下《あしもと》に跪いた。

「百人隊長ハイイロ。帝国暦四三〇年五月エラキス侯爵領にて神聖アルゴ王国軍の撃退に貢献す。その功績を認め、士爵位を授ける」

「……」

ハイイロは無言でクロノから羊皮紙を受け取った。礼を欠いていると思ったが、気持ちは分かる。クロノの言葉で感情を爆発《ばくはつ》させたいのだ。

「ハイイロ、いつも街の警備をありがとう。シロと重なっちゃう部分があるけど、ハイイロが真面目に仕事をしてくれてすごく助かってる。仕事面だけじゃなくて、非番の日にアリスンちゃんの様子を見に行ってくれる所も含《ふく》めてね」

「俺、大歓喜《だいかんき》！」

ハイイロは声を張り上げ、激しく尻尾を振った。今にも歓喜の雄叫《おたけ》びを上げそうなそわそわした様子で戻ってくる。

「百人隊長アリデッド、前に」

「はッ！」

アリデッドが立ち上がり、歩き出す。だが、緊張《きんちょう》しているのだろう。手足が同時に出ている。デネブが両手で顔を覆う。耳まで真っ赤だ。アリデッドがクロノの足下に跪く。何故か両膝《りょうひざ》をついている。

「百人隊長アリデッド。帝国暦四三〇年五月エラキス侯爵領における神聖アルゴ王国軍との戦いにて敵本陣《てきほんじん》に奇襲《きしゅう》を仕掛《しか》け、同軍の撃退に貢献す。帝国暦四三一年一月親征にて多大な戦果を挙げ、本隊撤退時に殿軍として敵の追撃を阻む。その功績を認め、士爵位を授ける」

「はッ、ありがたき幸せみたいな！　じゃなくて、ありがたき幸せ！」

アリデッドは震える声で言い、両手で羊皮紙を受け取った。

「……アリデッド」

「はい！」

クロノが優しく声を掛けると、アリデッドはその場に正座した。

「アリデッドの明るい性格にはいつも救われてる。僕は……。まあ、ちょっと、落ち込みやすいタイプだけど、これからも支えてくれると嬉しいな」

「任せて頂戴《ちょうだい》みたいな！　これからもデネブと一緒にクロノ様を支えていくし！」

アリデッドは立ち上がり、こちらに向き直った。思わず息を呑《の》む。アリデッドが今にも泣きそうな顔をしたからだ。涙《なみだ》を流しこそしなかったが、すんすんと鼻を鳴らしながら戻ってくる。

「百人隊長デネブ、前に」

「ひゃいッ！」

デネブは上擦った声で返事をし、慌てふためいた様子で口元を覆った。手足は同時に出ていない。だが、動きはぎくしゃくとしている。よろめきながら階段を登りきり、クロノの足下に跪く。

「百人隊長デネブ。帝国暦四三〇年五月エラキス侯爵領における神聖アルゴ王国軍との戦いにて敵本陣に奇襲を仕掛け、同軍の撃退に貢献す。帝国暦四三一年一月親征にて多大な戦果を挙げ、本隊撤退時に殿軍として敵の追撃を阻む。その功績を認め、士爵位を授ける」

「あ……。ありがたき幸せ」

デネブは言葉を詰まらせ、両手で羊皮紙を受け取った。

「いつもアリデッドと一緒に支えてくれてありがとう。デネブはアリデッドに比べてナイーブな所があるから精神的にキツい部分もあると思うけど、これからも支えて欲しい。もちろん、限界だって時には僕が支えられるように頑張るから」

「あた……。私、お姉ちゃんと一緒に頑張ります！」

デネブは声を詰まらせ、それから大声で言った。立ち上がってこちらに向き直ると、その顔は涙でぐしゃぐしゃになっていた。手の甲《こう》で目元を擦《こす》りながら戻ってくる。タイガとナスルが終われば自分の番だ。そう考えた瞬間、心臓が大きく鼓動《こどう》した。呼吸が苦しくなり、胸を押さえる。

「百人隊長タイガ、前に」

「はッ！」

タイガが立ち上がり、クロノのもとに向かう。緊張しているのだろう。その動きは普段《ふだん》に比べてぎくしゃくとしている。階段を登りきり、跪く。

「百人隊長タイガ。帝国暦四三〇年五月エラキス侯爵領にて神聖アルゴ王国軍の撃退に貢献す。帝国暦四三一年一月親征にて多大な戦果を挙げ、本隊撤退時に殿軍として敵の追撃を阻む。同年六月ルー族との友好関係構築に貢献す。その功績を認め、士爵位を授ける」

「はッ、ありがたき幸せにござる！」

タイガは羊皮紙を受け取り、クロノを見上げる。

「タイガ、お疲れ様。いつも大きな戦いではタイガの世話になってるね。百人隊長になって、現場の仕事と予備教育を両立させるので大変だったと思う。特にタイガは南辺境にも付いて来てもらったからね。苦労を掛けると思うけど、これからもよろしくね」

「今、拙者《せっしゃ》は自分の意思でクロノ様を守りたいと考えているでござる。拙者の意思とレオ殿の遺志、この二つでクロノ様を守っていく所存でござる」

タイガはゆっくりと立ち上がった。踵を返して階段を下りる。誇らしげに胸を張る姿は百人隊長、いや、騎士《きし》に相応しい威厳《いげん》を備えているように見えた。

「百人隊長ナスル、前に」

「はッ！」

名前を呼ばれ、ナスルが立ち上がる。彼《かれ》は大きく深呼吸をして足を踏み出した。ゆっくりと階段を登り、クロノの足下に跪く。

「百人隊長ナスル。帝国暦四三〇年五月エラキス侯爵領における神聖アルゴ王国軍との戦いにて敵本陣に奇襲を仕掛け、同軍の撃退に貢献す。帝国暦四三一年一月親征にて多大な戦果を挙げ、本隊撤退時に殿軍として敵の追撃を阻む。その功績を認め、士爵位を授ける」

「はッ、ありがたき幸せ！」

ナスルは声を張り上げ、恭しく羊皮紙を受け取った。

「ナスル、お疲《つか》れ様。タイガと一緒で現場の仕事と予備教育の両立大変だったと思う。騎《き》兵隊《へいたい》を三班体制に変更《へんこう》してから一人で弓兵を統率《とうそつ》しているしね。迷惑《めいわく》を掛け通しだけど、これからもよろしくね」

「俺は……。俺は迷惑だなんてこれっぽっちも思っていない。百人隊長として至らぬ点は多々あると思うが、これからも頼《たの》む」

ナスルは立ち上がり、こちらに向き直った。照れ臭《くさ》そうな顔をしている。よくよく思い出してみれば彼のこんな顔は初めてかも知れない。いよいよ、自分の番だ。心臓の鼓動が跳《は》ね上がる。気分を落ち着けたいが、そんな時間はない。ナスルが席に着く。

「百人隊長レイラ、前に」

「はッ！」

レイラは立ち上がり、意を決して足を踏み出した。床の感触に息を呑む。まるで雲の上を歩いているかのように頼《たよ》りなく感じたのだ。それでも、足を踏み出して階段の麓《ふもと》に辿り着く。顔を上げる。クロノのもとまで十数段——普段なら意識せずに済む距離《きょり》だが、その距離が絶望的に遠く感じる。ゆっくりと足を上げ、階段を踏み締《し》めるようにして登る。そして、クロノの足下に跪く。

「百人隊長レイラ。帝国暦四三〇年五月エラキス侯爵領における神聖アルゴ王国軍との戦いにて敵本陣に奇襲を仕掛け、同軍の撃退に貢献す。帝国暦四三一年六月ルー族との友好関係構築に貢献す。その功績を認め、士爵位を授ける」

「はッ、ありがたき幸せ」

レイラは震える手で羊皮紙を受け取り、クロノの言葉を待った。

「レイラ、いつもありがとう」

「……」

クロノは礼を言って黙り込んだ。沈黙《ちんもく》が舞《ま》い降《お》りる。音楽のせいだろうか。不思議と安らいだ気分で言葉を待つことができた。

ふと昔のことを思い出す。スラムにいた頃《ころ》の記憶《きおく》だ。辛《つら》いことばかりだった。だが、決してそれだけではなかった。仲間がいた。母がいた。楽しい出来事もあった。それなのに、どうして忘れてしまっていたのだろう。

次に戦友を思う。神聖アルゴ王国軍との戦いで散った、クロノと共に戦場に赴《おもむ》いて戻ってこなかった戦友を思う。そして、クロノを思う。震えながらクロノのもとを訪《おとず》れた日を、結ばれた時を、クロノの愛を理解できずに怯《おび》えた日を、心から結ばれた雪の日を思う。

「僕はレイラみたいな部下を持てたことを誇りに思う」

「私もクロノ様の部下になれたことを誇りに思います」

レイラは万感《ばんかん》の思いを込めて言葉を紡《つむ》いだ。

終章『暇乞い』

帝国暦四三一年十一月上旬《じょうじゅん》――クロードは崖《がけ》の上にある切り株に座《すわ》って自分の領地を眺《なが》めた。眼下には緑の線が数え切れないほど並んでいる。麦は無事に芽吹《めぶ》き、順調に成長を続けている。そんなことを考えて笑う。まだまだ先は長いのだ。今からそんな楽観的でどうするというのか。

それに、ルー族の件もある。族長が共に歩む道を模索《もさく》すると宣言して実際そのように動いている。だが、根本的に価値観が違《ちが》うのだ。いつ関係が悪化するか分からない。楽観とは程遠《ほどとお》い状況《じょうきょう》なのだ。だから、南辺境に留《とど》まっている訳だが――。

「……俺も歳《とし》かね」

クロードは太股《ふともも》を支えに頬杖《ほおづえ》を突《つ》いた。楽観とは程遠い状況だと分かっている。にもかかわらず何とかなりそうな気がするのだ。嫌《いや》だ嫌だと頭を振る。何が嫌かといえばそんな自分を満更《まんざら》でもないと感じている自分が嫌だ。その時――。

「……旦那様」

背後から声が聞こえた。マイラの声だ。振り返らずそのまま領地を眺める。すると、視界の隅《すみ》にマイラが現れる。死角から出たのだ。

「……」

「……」

マイラは何も言わず、クロードも何も言わない。どれくらいそうしていただろう。マイラが堪《こら》えきれなくなったように口を開いた。

「何故、黙っているのですか？」

「用があるなら自分から言えよ」

「恐《おそ》れながら私はメイドとして受けの姿勢を大切にしたいと考えております」

「そうかよ」

「そうです」

クロードがうんざりした気分で言うと、マイラは相槌《あいづち》を打った。それっきり黙り込んでしまう。これでは話が進まない。小さく溜息《ためいき》を吐《つ》き、問いかける。

「何の用だ？」

「二ヶ月半ほど休暇《きゅうか》を頂きたく存じます」

「別にいいけどよ。そんなに休暇を取って何をするんだ？」

「坊《ぼっ》ちゃまの所に遊びに行こうと思います」

思わずマイラを見る。わずかに口元が綻《ほころ》んでいる。それで目的が分かった。

「年齢《ねんれい》を考えろよ」

「私は遊びに行くと言っただけですが？」

「嘘吐《うそつ》け」

クロードは小さく吐き捨てた。もちろん、遊びに行くというのも嘘《うそ》ではないだろう。だが、真の目的はクロノだ。

「わざわざ休暇を取ってすることかよ」

「お言葉ですが、私はまだまだ女盛りです。それで、お返事は？」

「分かった分かった。行ってこい」

「ありがとうございます」

マイラは恭しく一礼した。背筋を伸ばし、前方——アレオス山地を見据《みす》える。だが、その頬は紅潮し、体は小刻みに揺れている。どうやら、クロノと会えるのが嬉しくて仕方がないようだ。

問題を起こさなきゃいいんだが、とクロードは深々と溜息を吐いた。

あとがき

このたびは「クロの戦記10　異世界転移した僕が最強なのはベッドの上だけのようです」をご購入頂き、誠にありがとうございます。今まさに書店であとがきをご覧になっている方は勇気を出してレジにお持ち頂ければと思います。

はい、10巻です。ついに2桁台突入です。これも皆様の応援があればこそです。感謝感謝です。感謝の気持ちを込めてSSを6本書かせて頂きました。感謝の気持ちを込めてSSを6本書かせて頂きました。大切なことなので2度言いました。

SSはHJ文庫、HJノベルス、コミックファイアの総合ポータルサイト『ファイアCROSS』様にて公開中です。またメロンブックス様のご厚意で特典小冊子に掲載されていた相関図を公開しておりますので、SSと合わせて楽しんで頂ければと思います。ちなみに相関図は私が表計算ソフトで「クロノを中心に……。ここと、ここを繋いで……。スペースが……。木の根っこみたいになって（やり直しやり直し）……」とうごうご考えながら作ったものをベースにデザイナーさんがいい感じに修正して下さっています。

続きまして10巻の内容になります。10巻は——実に4巻ぶりにエレナ回がありますぞーッ！　なんだってーッ⁉　って、驚くことではないですね。エレナファンの皆様、お待たせして申し訳ございません。エレナ回——第三章はなかなか大変でした。第二章でケインが夜の街を歩き回って色々と解説しているので、どう差別化するのか頭を悩ませました。それだけではなく、しっくりこない感じがしました。何がいけないのだろうと悩みながら書き進め、章末まできた時に閃くものがありました。お尻が開きっぱなしになっちゃう。うん、これだと思いました。その後のクロノとの遣り取りもしっくりきました。クロノさんって、こういうことするよね。

悩んだといえば女将回もですね。こちらは構想段階での悩みでした。WEB版の構成を維持するのか、WEB版の構成に拘らず各章の肌色シーンを強化するのか。私は後者を選びました。内容はやはりコスプレは避けて通れません。しかしながら、9巻でティリアがビキニメイドスタイルでご奉仕しています。差別化が必要でした。

とはいえ、答えはすでに出ていたと言っても過言ではないでしょう。囚われた女軍人と尋問官プレイ以外に有り得ないと。プロとして読んで下さる皆様の期待を裏切ることはできません。何より私自身がイスに拘束された女将のイラストを見てみたかったのです。希望が必ずしも通る訳ではありませんが、書かなければ始まりません。その後、クロノに縛れるのかとか、イスが倒れるんじゃないかとか色々悩んだ末にご覧頂いたようなエピソードになりました。安全性は大事です。

あとは第六章の証書を渡すシーンですね。文語っぽくしたかったのですが、なかなかしっくりこず、何度も書き直しました。

次に11巻の内容になります。次回予告のページでも触れていますが、11巻はメイドとして働くことになったセシリーがご奉仕メイドにされ、さらにマイラに――げふんげふん、エラキス侯爵家とハマル子爵家の結び付きを強化するためにやって来たセシリーが友情の大切さを知り、成長するお話です。もちろん、休暇をもらってエラキス侯爵領にやって来たマイラさんも成長に寄与しますぞ。

では、ここからは謝辞を。応援して下さる皆様、ありがとうございます。皆様のお陰で10巻を発売することができました。繰り返しになってしまいますが、感謝の気持ちを込めてSSを6本書かせて頂きました。こちらはファイアCROSS様で公開されておりますので、相関図と合わせてご覧になって頂ければと思います。一生懸命書いたので楽しんで頂けると嬉しいです。

担当S様、毎度毎度ページの件で迷惑をお掛けして申し訳ございません。次こそはという思いはあるのですが、次から次に書きたいことが増えてしまい……。申し訳ないです。

むつみまさと先生、いつも素敵なイラストをありがとうございます。どちらのイラストも素敵ですが、カバーイラストのネグリジェ姿のエレナさん、拘束された女将、最高でございます。

最後に宣伝です。ほぼ等身大のレイラさん抱き枕カバー好評発売中です。こちら書き下ろし特典SS付きとなっております。ちなみに抱いて寝た感想ですが、抱き心地は柔らかく、手触りはしっとりきめ細かな感じです。ご興味を持って頂けましたらホビージャパン様のオンラインショップにアクセスよろしくお願いいたします。皆様のご注文、お待ちしております。

少年エースPlus様に掲載されている漫画版「クロの戦記」ですが、ユリシロ先生にバトンタッチして連載再開となりました。小説版・漫画版共々「クロの戦記」をよろしくお願いいたします。

「こ、この成り上がり者！
薄汚い傭兵の息子風情が、わ、わたくしにそんなことをして
許されると思っていらっしゃいますのっ！」
叙爵式が終わったクロノの元に、二人の人物が訪れる。
家の為にと嫌々やってきたセシリーと、
自らの欲望のままにやってきたマイラ。
2023年冬、発売予定!!

その理由は違えど、クロノハーレムに美女二人が追加されて——
新ヒロイン増量で贈るエロティック王道戦記第11弾!!
「坊ちゃま……
坊ちゃまは逃げませんよね？」
クロの戦記11
異世界転移した僕が最強なのは
ベッドの上だけのようです

HJ文庫 1034 https://firecross.jp/

クロの戦記10
異世界転移した僕が最強なのはベッドの上だけのようです

2022年10月1日　初版発行

著者——サイトウアユム

発行者—松下大介
発行所—株式会社ホビージャパン

〒151-0053
東京都渋谷区代々木2-15-8
電話　03(5304)7604（編集）
　　　03(5304)9112（営業）

印刷所——大日本印刷株式会社

装丁——木村デザイン・ラボ／株式会社エストール

ISBN978-4-7986-2964-3　C0193

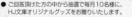